GOBOOKS & SITAK GROUP©

三日月書版

三日月書版

5 Lost Lamb
微混吃等死 著
手刀葉 畫
迷途之羊
マイゴ
輕世代 FW317
三日月書版

迷途之羊
Lost lamb

Contents

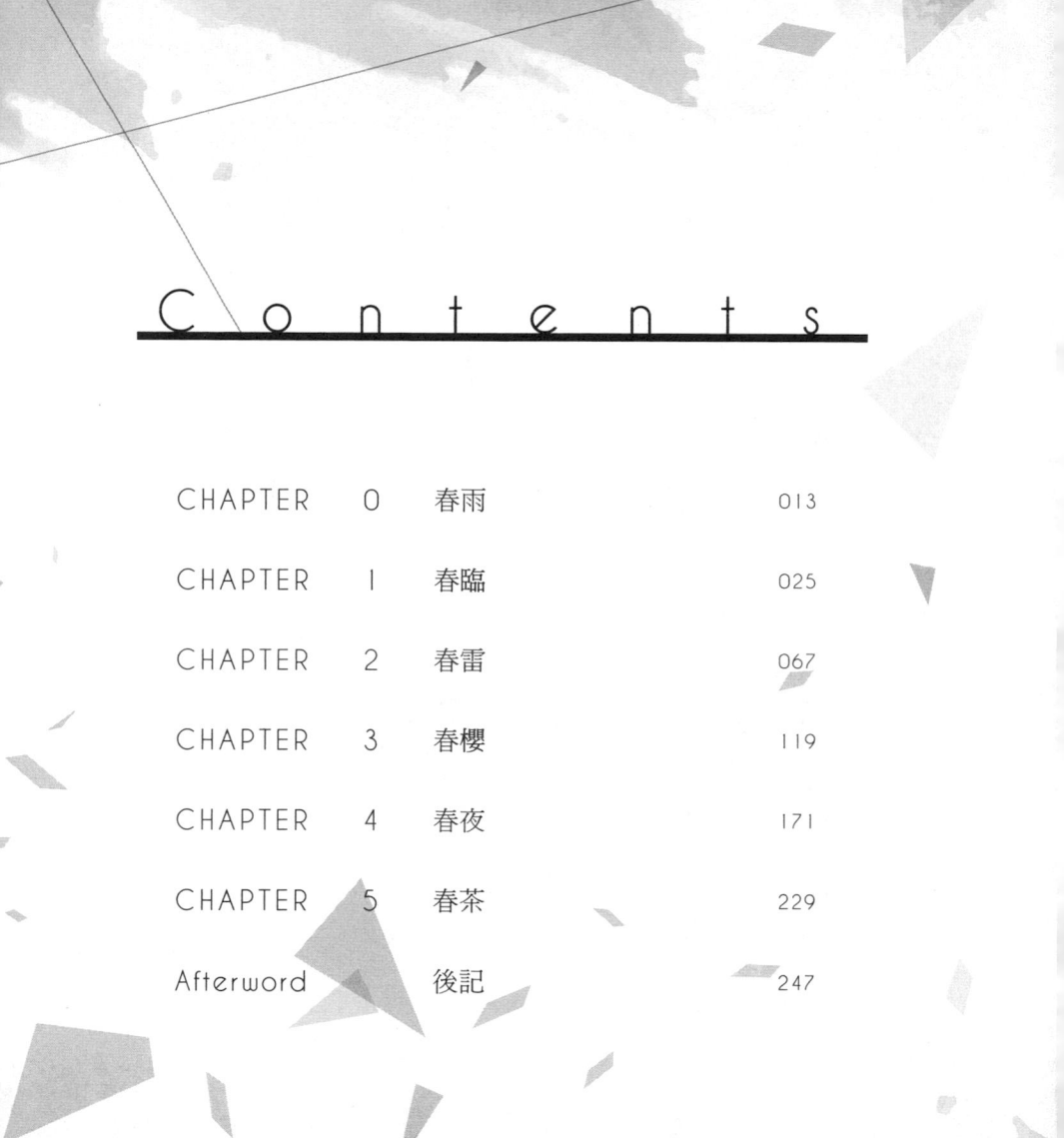

CHARACTER FILE

「我只想看到，真正的妳。」

柳透光

PROFILE

► 高二生
► 175cm

作風低調，對自己的事有點漠不關心，但常常幫助他人。表裡如一的白宣，對他而言，有著強大的吸引力。

Lost lamb

CHARACTER FILE
「所以，透光，你會來找我嗎？」
白宣
PROFILE
▶高二生
▶168cm
知名Youtuber。常和觀眾閒聊，親和力很高的好女孩。
熱愛美食與深度旅遊。
獨自一人時會散發出一股憂鬱、與人拉開距離的感覺。
喜歡坐在海岸邊聽音樂，任憑思緒飛向遠方。
Lost lamb

CHARACTER FILE

「你不是真正的創作者，無法理解她的憂鬱。」

小青藤

PROFILE

► 高一生
► 165cm

氣息清新，喜歡歌唱，像是青藤一般自然而脫俗，熱愛貼近大自然。是一位即使能隱藏自己的情緒，但總是真實地表現出來的女孩子。

Lost lamb

CHARACTER FILE
「一開始不找我，現在才來，
是發現一個人不好過了吧。」
王松竹
PROFILE
► 高二生
► 177cm
個性懶散，有點嘴賤。喜歡觀察人，也很喜歡聽音樂。想要接觸各式各樣的人，為此做了Youtuber。
Lost lamb

CHAPTER 0

春雨

反折的天藍色襯衫袖口下，纖細的手腕輕輕地擱在欄杆上。

回過身的白宣，臉上一片淡然。

她筆直地站在心向樓的空中步道末端，深色的高腰短褲襯托出一雙白皙長腿。

春風拂過，白宣胸前的栗色髮絲順著風微微揚起，她無聲地注視著我，嘴角輕抿，沒有說話。

位於國境之南半山腰的心向樓，早已煙嵐四起。

天空染上了灰藍色，白宣身後蔓延的翠綠森林，隱約成為了烘托她的背景，遠方的高雄市區說不定降下了細雨。

白宣將滑落的髮絲別到耳後，姿態優雅但難以掩藏正顫抖著的手指。她順了順躺在鎖骨上的長髮，雙眼直勾勾地盯著我。

空靈。

迷茫。

然而，泛紅的眼眶訴說了她波動的心情。白宣脆弱的神情、纖細的身子，在在動搖著我。

——我該在這裡，攔住她嗎？

我想了又想，反覆自問，最後終於下定決心。

「那我呢？」我凝著聲，問道，「妳為什麼要假扮白唯？偷偷跟白唯互換身分，看我難過傷心，還在宜蘭的民宿外情緒崩潰……妳又做了什麼？妳的妹妹，白唯又做了什麼？」

不遠處傳出了嗚的一聲。

往回看，白唯站在空中步道的出口，不知所措。

但是，這裡沒有白唯介入的空間。

一點縫隙都沒有。

白宣像是凝聚決心般等了幾秒，頭微微抬起，正面迎向了我。

「透光兒，對不起。」

「我不想聽這個，不要跟我說這個。」

我想聽的不是道歉。

尤其道歉的人還是白宣。

「寒假的旅行裡，我跟白唯偶爾會互換身分，但你是怎麼發現的？」

「很重要嗎？我們旅行中只要停下來喝咖啡、點飲料時指定要無糖，那時的白唯都是妳假冒的。」

我說出心中久藏的猜測。

雙胞胎姐妹，身分互換。

真正的白唯最喜歡喝甜甜的飲料了。

所以，像是昨天在岡山之眼時喝無糖咖啡，更久以前在神祕東海岸的民宿，點了無糖卡布其諾——

「那都不是白唯，而是妳。」我沉著聲音問道，「我真的不明白，白宣，妳為什麼要這麼做？」

「是因為我想透過你——柳透光，追逐夜星的白宣身邊的墨跡——藉由你的雙眼，在追尋我的旅途中，重新認識別人眼中的我自己。」

白宣幾乎沒有思考，宛若理所當然地說出這段話。她說得雲淡風輕，聽在我耳裡卻是夏日狂風，轟隆作響。

「你不要責備白唯，是我拜託她的。」

「我……」

我瞠目結舌。

一時間，竟然不知道該如何回應。

「因為啊，透光兒你是最瞭解我的人之一。如果是你，跟在你身邊一起尋找躲起來的我，或許就能找到真正的我了吧？我是這樣想的。對不起。」

白宣嘆息一聲。

她的眼神多了幾分溫柔。那是受傷過的人，以同情、憐憫的表情凝視著同樣受傷的伙伴，才會出現的神情。

白宣往前走了一步，然後再邁開長腿，又走了幾步，直到我身前。

為什麼？

自從白宣在休業式那天消失以後，這是我們第一次，她以白宣的身分，靠得這麼近。

白宣的雙眸，倒映著幽藍的山間景色。

她適才因情緒激動而泛紅的眼眶，現在已經看不到了，取而代之的是刻意為之的淡然與冷靜。

心中忽然一揪，彷彿有什麼重要的東西，正以光速離我而去。

在我意識到時，那個寶物早已悄然消失了。

慌亂的我出自於直覺，敞開雙手握住兩旁的欄杆，阻止了白宣越過我而去。好像只要我這麼做了，就能留住她。

白宣抿著唇。

「吶，透光兒。」

「嗯。」

「你什麼都不記得。」白宣看了我一眼，纖細微小的聲音隨風而逝，她略顯失望地垂下頭，「你在這裡擋住我是沒有用的。你跟我，都沒有辦法面對我們的迷茫。」

「不要……」

「不要什麼？透光兒，你真的是……」

白宣垂下眼眸。

她想隱藏，但眼角眉梢依舊透露了她真實的情感。可能是見到我如此失態的樣子，讓她不知如何是好吧。

我好想好想，就那樣什麼都不想地脫口而出——

我就是妳的辦法！

但，我沒有勇氣這麼說。

我們都不是能帥氣地說出不負責任的話的人，所以我們才痛苦無比。

做影片不再快樂。

螢幕前後的自己，判若兩人。

五十萬粉絲，包含最親近的伙伴，喜歡的似乎不是真正的自己。

哪一個面相，才是真實的自我？

這些無解的問題，令人陷入悲傷的漩渦。

即使我們終於來到了心向樓的空中步道，旅途預定的終點，追尋白宣一整個寒假的我，還有追尋真正的自己一整個寒假的白宣——仍然沒有解答。

春風再一次掠過我們。

白宣的長髮在半空中劃出美麗弧線，熟悉的淡淡青檸香氣飄散。

她撇頭望向身後，空中步道盡頭的遼闊視野。

天空是灰藍色，微風捎來了更多水氣，白霧遍布。回神一望，位於半山腰的心向樓似乎即將被白色煙嵐吞沒。

白宣伸手，捏了捏鼻頭。

「吶，透光兒。」

白宣的視線投來，身穿水藍色襯衫、深藍色高腰短褲的她，在漸漸染上青色的天色裡變得模糊。

好像快要消失了。

這一次白宣消失了，我、我……還能再找到她嗎？

我突然好害怕，好怕再一次失去白宣，就像是雙腳忽然踩空，一顆心被高高懸起，感到好不安。

我本來想說些什麼，雙手卻失落地從欄杆上放下了。

隨後，我往旁邊退了一步。

白宣清秀的眉毛一揚，意外地望著我。

她上半身往前一探，見我沒有伸手阻擋，下一秒身子就越過了我身邊，走向空中步道的入口。

我好想舉起手，好想一把強勢地把白宣抱入懷裡。

但不知道為什麼，我沒有這麼做。

白宣停在山崖邊，帶著鼻音對我說道：「透光兒，答應我，你自己一定要過得開心。」

「我……我盡量。」我壓抑情緒，顫抖地回道。

熟悉的氣息逐漸遠離，我的心也隨著越來越輕的足音，變得冰涼無比。

告訴我，該怎麼過得開心？

從高一上學期開始，在圖書館認出白宣——之後跟著白宣一起四處旅行，剪片拍片，當一個Youtuber，早就徹底融入了我的生活。

白宣的身影，也是。

現在，白宣走了，我的心情前所未有地低落。

過了片刻，另外一個身影靠近。

聲音略帶哽咽，眼眶泛紅，情緒同樣失落的白唯站在我身後，她的額頭輕輕靠了我的背一下，再用手指戳戳我的手臂。

「柳透光，你不去追姐姐嗎？」

「我追得還不夠久嗎？」

「嗯，也是呢。」

她發出了像是笑聲又不像笑聲的聲音。

「寒假前，姐姐拜託我，她說想要假裝離開，讓你去找她。當時的她看起來真的好難過，好迷惘，我、我沒有辦法拒絕……後來的事情，你都知道了。」

她沉默了很久，像是要鼓起這輩子所有的勇氣，才開口說道：「對不起，我騙了你。」

「沒關係，我不怪妳。」

這是真心話。

我有預感，要是我現在回頭，善解人意的白唯，拚死也會露出笑容，但那是十分勉強才能作出來的姿態。

何況，我不想讓她發現我的軟弱，即使現在我很想將某人擁入懷中。

在這清冷的天空步道，感受他人的溫暖，證明自己不是孤單一人，那樣的話，我會好受一點吧？

可是，我不想對白唯這樣。

她不是白宣的替代品，更不是任何人的替代品。

我走到向外延伸的天空步道彼端，那是白宣本來站著的位置。我雙手放在欄杆上，向外眺望。

這會不會是我跟白宣最後一個一起度過的春天？

CHAPTER 1
春臨

春天對整座城市吹了口氣。

百花沒有跟著綻放，但街道上的溫度變暖了。

開學了。

水昆高中二年A班，下學期正式開始。

一早，我像以往一般悠哉地步入教室。教室裡，有部分同學對我投來觀察的眼光，更多的是好奇。

身為知名 Youtuber，同時也是同班同學的白宣徹底消失了一個月，他們大概都有很多想問的事。

教室最後方靠窗邊的位置，再往右邊一格，是我的位置。

我拉開了椅子，視線慣性地往左望。

她沒有來。

「是遲到嗎？」我嘀咕著。

白宣不是特別準時的人，身為 Youtuber 的她，有時會因為取材、剪片而熬夜，遲到也是常會發生的事。

我從紙袋裡拿出紅茶，放在桌上，再拿出三明治。

周圍的同學不是在看書，就是滑著手機。交情比較好的人，三五成群坐在一塊小聲聊天。

剛放假完的大家，一臉輕鬆愉快。

早自習，還沒有人真的湊上來問我八卦。我吃著早餐，早自習在班上一片靜謐中度過了。

第一節課開始，班導走進教室時，看了我一眼。

雖然只是飛快的一眼，但我或多或少明白了。

真是不出意料的發展。

「同學們，大家早。寒假都玩得很開心吧，哈哈，但是開學的第一天，老師有件事要跟大家說一下。」

幾道視線投來，我微微蹙眉，這感覺不是很好。

我直視老師的方向。

「很遺憾跟大家說一聲，白宣同學，轉學了。」

「真的？」

「白宣為什麼轉學？」

「柳透光應該知道些什麼吧，他們不是都待在一起？」

「白宣的 Youtube 頻道也都沒更新了。」

「到底發生了什麼事？」

轉學了。

我連苦笑都十分勉強。

白宣在班上，甚至整間學校，都是值得記上一筆的人。五十多萬訂閱的Youtuber，就這樣默默離開了。

什麼也沒交代。

不少人對我投來關注的視線，可能以為我會說些什麼。但也有人在我沉默以對時，制止了其他同學過剩的好奇心。

別問我啊，我什麼都不知道。

我倔強地抬起頭，忽視所有人的視線，筆直地看著教室前方。

先是在休業式結束後突然消失，在寒假裡徹底隱去身影，現在則是一句話也沒說地轉學嗎？

我們之間那道薄薄的冰牆是消失了，只是消失以後，妳也不在了。

「好了、好了，大家安靜。」

老師阻止大家的議論紛紛。

我拿起熱紅茶，讓自然飄散的霧氣隔絕我與大家。茶的味道好澀，或許我該跟白唯學習喝有糖的東西。

教室慢慢平靜了下來。

我舉起手。

「老師，不好意思，我不太舒服，想去保健室休息。」

「好，你去吧。」

「謝謝。」

我起身，撇頭看向了左邊。

我之所以看向靠窗的位置，不是因為那裡有多美的風景或多美的人，而是維持一年半的習慣使然。

不想多說什麼，甚至不願多想，我起身離開教室。

上課中的校園非常靜謐，當我獨自走在走廊上時，整條路就只有我一個人而已。

灰色的地磚、石灰色的天花板，旁邊的專科教室空無一人。

沒人使用的掃帚擱在角落。

因剛開學，整個寒假沒有人整理，蕭條的花圃與樹叢。

我獨自走著。

經過了合作社前的兩棵櫻花樹，再到了社團大樓後方的偏僻角落。這裡是幾乎沒有學生會來的地方。

我跟她有個未完成的專題，本來預計在春天完成。

有點忘了是多久以前，我們兩個人還費盡力氣拍下了校園裡最美的櫻花。

很累很累，在夕陽西下之後，累得靠在大樓的牆壁上，緩緩頹坐在地。

我看著櫻花樹。

初春，但氣溫不到櫻花綻放的時刻，柔和的櫻色還沒有染上整座城市。

白宣轉學了。

我追尋了她一個月，說給她聽的答案，她完全無法相信。

所以，轉學，是她重新認識自己的方法之一嗎？去到一個陌生的環境，不再做 Youtuber，找尋全新的自己？

這很像是白宣會做出來的事。

我靠著牆壁，緩緩坐在地上，雙手抱著大腿。悲傷的情緒漸漸湧起，從心裡很深很深的地方。

這座校園，充滿了我與她的回憶。

我沒有哭，也沒有哽咽。

只是我意識到自己的表情，可能非常凝重、非常複雜。

第一節課結束的鐘聲響起，我回到教室。

座位旁不少人，有一些人想問我問題，但我只是讓自己身陷情緒的漩渦之中。

一句話，我也沒有回應。

久了之後，沒有人再打擾我了。

開學的第一天在下午四點，準時結束。鐘聲一響，我沒有立刻離開。而是坐在座位上，拿出一本書，開始打發時間。

不為什麼。

「透光兒，你不走嗎？」

輕柔的聲音依稀響起。

我抬起頭看了教室一圈。

沒有其他人在。

是幻聽吧？可能，只是我內心期望聽到而已。

以前的我常常坐在這裡，跟坐在窗邊的白宣，一起看著夕陽從山邊一路拉長的光影，投射到二年A班。

暖橙色、金黃色、暗紅色的光芒匯集在一塊，色彩繽紛，卻很和諧、很美。

身子往後一靠，我自然而然地鬆了一口氣，這是今天第一次放鬆。

教室內課桌椅的影子漸漸拉長。

夜幕降臨。

初春，夜晚走在街道上還是有點寒意。我從書包裡拿出薄棉外套，穿起來的同時我看見了松竹在對我揮手。

這是我回家必經的路。

意思是，松竹很可能一直在這裡等我。

我走向他，他依然穿著那件紅色的外套，上面寫著 Youtuber。身材高大偏瘦的他，在街道上很顯眼。

「晚安，松竹。」

「柳透光，你吃了嗎？」他走上前。

「還沒，只是……」

「只是胃口不好，沒有特別想吃——別說幹話了，聽你那些要死不活的話我真的會吐血。走，跟我去吃一波。」

我翻了個白眼，說得好像跟真的一樣，誰跟你要死不活了。

他伸手推著我的背部，我沒有拒絕。

沒有多久，我們到了附近一間餐廳。

喔喔喔，原來在那裡等我還是有考慮到餐廳位置的啊。

「坐。先吃飽吧，柳透光。」

「好啦。」

既然都來了，我也不會餓著。

我們坐在靠近馬路的窗邊，餐廳裡隔音很好，聽不太到外面的喧囂。褪色的沙發座位、溫暖的燈光、刻意做成復古木板模樣的牆壁，簡單的裝潢，空氣間流淌著 **lofi hip hop**。

鬆軟、浪漫、自由的節奏，絲毫不講究音質。少量的人聲，偶爾傳來言不及義的對話。

走進這裡，很放鬆吶。

服務生遞上了菜單。

這是一間以牛排或排餐為主的美式餐廳。

我看了一眼，選擇了肋眼牛排，王松竹則點了菲力。

「好的，兩位請稍等。」

在牛排上桌前，沙拉跟飲料先上桌了。

我用小碗盛了沙拉，飲料特別要了無咖啡因、無糖的水果茶。

王松竹修長的手指拿起咖啡杯，就口前說道：「聽說白宣轉學了。」

「嗯。」

「白宣沒有跟你說吧？」

「對，完全沒有。」

「但是你猜得到？」

我嘆口氣，仰頭看了看天花板。

「這種事有誰猜得到啊？我只是在前幾天閃過這個想法而已。」

在心向樓的深談，我們走近彼此身邊，但不管多靠近，我們之間真正的距離卻沒有因此改變。

白宣不信任我，也不信任自己。

而我也不相信自己提出的說法。

螢幕上開朗天真、活潑樂觀的 Youtuber 是白宣，螢幕下會憂鬱、會獨自坐在沙灘上遙望遠方的人，也是她——這種說法，完全沒有說服力。

「總而言之，我在前幾天遇見白宣了。」

「然後呢？」

松竹往前一探，雙手正經地擱在桌上。

我開始說起那天的故事。

從戳破白唯和白宣偶爾互換身分開始，對著偽白唯呼喚出白宣的名字，在心向樓天空步道堵住了她離去的唯一道路。

聽到最後，松竹愈來愈吃驚。

玻璃杯與桌面相碰，發出清脆的響聲。

「真扯。但是，她在找尋能說服自己的答案，對吧？」

「嗯。」

「我覺得白宣有點太鑽牛角尖，太想不開了。」王松竹看了我一眼，「你還要再幫她做什麼嗎？」

我聳聳肩。

「暫時沒有，我也不知道還能幫她做什麼。」

「她去了哪一所學校……唉，你一定也不知道，我查查吧。她選擇轉學，應該是為了全新的環境，但是依她的知名度，不論到哪大概都沒有不認識她的人。遲早，她都會被認出來。」

「沒錯，她就是想讓愈來愈多陌生人認識她，藉此重新認識她人眼中的自己吧。」我想也沒想地說道。

松竹雙手抱胸、嘴角微揚地看著我。

「哈哈，你還是很懂她。」

「當然了，全世界最瞭解她的人，我一定是其中之一。」就像是以往很多很多次一樣，我理所當然似地說出這句話。

但是，如今，她……在哪？

倒吸一口氣，我把額頭輕輕地靠在桌面上。

天啊，好難過。

一種空虛感從脊髓一路蔓延腦海。

為什麼？

在學校裡、在班上明明不會這樣啊。明明可以好好地、自然地保持正常的面貌和心情，為什麼在這裡不行了呢？

我說不出話，一說話就會哽咽了吧。

在我的情緒徹底爆發出來前，一疊衛生紙出現在桌面下。拿著衛生紙的，是那雙手指修長的手。

我依然趴在桌上，將衛生紙推了回去。

眼眶酸澀，我深呼吸一口氣後，重新坐正。

「你還好吧？」

「還可以。」

「我會去問問她轉到了哪一所學校，如果你想知道，我會跟你說。」

「好，不過現在的我，跟她沒有關係了。」

「認真？」

松竹挑起眉毛。

我堅定地點點頭，「在我想到能說服她的說法、帶著她走出迷霧前，我跟她就是平行線，誰也不會打擾誰。」

「你們的頻道呢？」

「不會更新了。」

我眼珠一轉，不如，我自己創一個個人頻道吧。

如果哪天我有特別想說的話，或是特別想拍的影片，我就用個人頻道發布就可以了。

「那你們的粉絲……算了，現在不適合說這個。」松竹無奈地說著：「就現在的情形來看，『追逐夜星的白宣』還能有機會再更新，就是奇蹟了。」

「要等一段時間。」

「柳透光，你已經沒有辦法了？」

「沒有。」

「那你還會幫她嗎？」

醞釀了一會兒精神後，我果決地說道：「一定會。只是就像剛剛說的，在想出辦法以前，我不會再去找她。」

「好，我懂了。」

王松竹說完，牛排端上了桌。

偏冷的早春夜晚，牛排在鐵板上發出的油香與肉香非常迷人。

lofi hip hop 的背景樂傳來十分隨意的人聲，慢步調的節奏再次響起。

「對了，柳透光。我跟小青藤第一次線下的演出辦在月底，到時候我會給你一張票，來看看吧。」

「哇，你們終於合作了！」

我心裡一陣感動。

如降臨在荒野上的細雨一般清新、治癒的女聲，搭配情感飽滿的伴奏，小青藤和王松竹合作，一定能有很美的音樂、很迷人的現場。

談起音樂，王松竹目光炯炯有神。

本就帥氣的他，更增加了自信的風采。

「我跟小青藤會開新頻道——松木上的小青藤。在 Youtube 的話，第一次聯手直播是在下週末。」

「松木上的小青藤？ＯＫ，到時我會幫你宣傳的。」

「謝啦。啊，直播那天我們是在小錄音室，聲音效果很不錯喔，記得要準時收看。」

「當然。」

我一直很想聽聽看他們兩人合作的音樂。

畢竟上一次在陽明山大芋園，王松竹躲起來沒有露臉，不能算是正式的合作吶。

快吃完了，王松竹真誠地說：「柳透光，如果有什麼問題或困難，一定要來找我。」

「放心吧。」

「別太難過了。」

「不會啦，我會慢慢調整自己的心情。」我放下刀叉，拿起衛生紙擦嘴，「畢竟這個寒假，白唯教會了我很多東西。」

開心時就要很開心，坦率表露出自己的心情。

不要因為白宣不在了，就露出要死不活的表情。

不要做什麼都有氣無力、要做不做。

「那就好。」

晚餐告一段落，我與松竹幾乎是同時起身。

結完帳，回到涼風陣陣的街道上，連行人都少了。王松竹裹緊了身上的外套，再次對我說了聲保重，便轉身離開。

路燈照映著馬路，我一個人往家裡走去。

回到家，我直接走進客廳。

時間不算太晚，我把書包放下後，坐在沙發上發呆，拿出手機漫無目的地滑著。

我需要分心。

不經意地，從對面電視螢幕反射的倒影，似乎看見了我下垂的眉毛與嘴角。

現在我的表情一定很難過。

手機滑落到沙發上，再掉落到地面。

身子往後一仰，我就像是想要暫時脫離這個世界般閉起沉重的雙眼。

「她還是離開了嗎？」

偏高的嗓音傳來。

不想睜開雙眼的我，隨口應了聲：「對，她離開了。」

「你沒有找到她？」

「找到了。只是經過整個寒假的追尋，最後我提出的答案，她不相信。」

我無力地苦笑，補上最後一句話，「我也不太相信。」

「嗯。」

姐姐輕輕點頭，腳步聲漸遠。

我打開眼睛。

她再次回來時，先是遞給我一杯熱茶，再在另外一邊的沙發坐下。她隨性地把左腿縮到胸前，單手抱著小腿。

茶棕色的長髮如瀑布一般傾瀉，微捲的髮尾勾勒出美麗的弧度。比我早回到家裡的她，身上早已換上輕便的居家棉衣。

「不要太苛責自己，雖然對你來說是很重要的人離開了。」

「嗯，她真的……很重要。」

「我也有這個經驗。」

「什麼？姐姐妳也經歷過這樣的事嗎？」

我直起腰桿，視線越過手上的熱茶，投向神情略帶失落的姐姐。

姐姐微微側頭，臉頰貼近膝蓋，淡然地點了點頭。

「妳以前怎麼都沒說？」

「我是姐姐嘛，怎麼能向弟弟撒嬌？」她輕輕一笑，「他是和我一起組建工作室的伙伴，一個有點帥的男生。我們都想做出最美的衣服，畢業以後還想以工作室出品時裝。」

姐姐用手繞著髮尾。

「但是有一天，那個男生放棄了，說他不想繼續待在工作室，未來也不想從事服裝設計。」

「為什麼？」

我充滿納悶地提問。

姐姐只是輕描淡寫地道：「等你再大一點，或許就能體會這句話了。為什麼不想做了？其中的『為什麼』都是假的，只有『不想做了』才是真的。」

我說不出話。

聽起來，還真是悲傷的一段話。

一旦不想繼續了，為什麼不想繼續的理由，一點都不重要。

不想了，才是重點嗎？

我搖搖頭，喝了一口熱茶。

冒煙的茶水在早春偏冷的夜晚，帶給了我一絲溫暖。

我與姐姐，兩人都沒了聲音。

位於住宅區的家，在這個時間點無比寧靜。時鐘滴答聲，在我耳裡漸漸放大，直到姐姐拿出藍芽遙控器，控制音響播放了音樂。

清新的女聲傳來。

那依稀是姐姐最近在聽的獨立樂團。

「姐姐，妳那時候很難過嗎？」

「嗯，很難過。」

「是因為失戀？」

「不是。」姐姐乾脆地否認了，輕抿嘴唇，「我對他的感覺，從頭到尾都與戀愛的感情無關，他也是。這大概也要等你再長大一點才能體會吧。有些人，即使跟你走得很近很近，興趣一致、喜好一致，共同朝某個目標前進，旁人看來你們是天生一對，但你們內心反而很清楚——彼此只是真正知心的好友。」

「那妳難過是因為，失去了一起追尋夢想的盟友嗎？」

我盯著姐姐。

姐姐愣了一下，她眨了眨雙眼。

「對，就像是你說的，真正讓我難過的是他放棄了。他居然放棄了！他可是砸了所有積蓄，不惜一切跟我一起租下工作室的人耶！結果，竟然比我還早放棄，還放棄得那麼徹底。」

「我在想……」我坦率地說出心裡想法：「他放棄的理由，或許就是因為不惜一切。」

正是因為有著不惜一切也要成功的覺悟，才無法在面對難以跨越的難關時保持平常心。

一旦長期無法突破瓶頸，當那股逼迫自己前進、不斷燃燒的燃料用盡，火箭也只會慢慢失速。

我下意識地咬著嘴唇。

過去一個月，我也是不惜一切要找到白宣，但是，最後好不容易找到她，還是沒有成功將人留下。

「很像呢。」

我低聲自語。

在心向樓與白宣對峙後，我已經失去了繼續尋找白宣的動力。

那份執著，隨著冬天一起漸漸消散。

姐姐隨意地換了個姿勢，將腿翹到另一隻腿上，雙手往椅背一擱，恢復了平常的姿態。

「他放棄的理由，或許就是因為不惜一切——這句話，說得倒是不錯。你知道嗎？柳透光，我從頭到尾都沒有追問過他理由。」

「嗯，我想也是。」

「因為沒必要。」姐姐一臉理所當然，話鋒一轉，「你最後和白宣見面嗎？」

「有喔。」

「發生了什麼？」

於是，我把今天對王松竹解釋過一遍的話，再對姐姐說了一次。

在國境之南的心向樓，白宣親口表示她不相信我的說法時，我的心中彷彿傳來一聲悠遠的鐘響。

鐘鳴在心中迴盪，那瞬間，我做出了決定。

啊，時候到了，夠了。

「唉，總之，我徹底明白現階段的我留不住她，說服不了她，強硬留下的她也是空殼而已。」我試著讓自己的口吻平靜。

「你放棄了？」

「沒有。這不能說是放棄吧，是無奈的做法。」

「也是。」姐姐靜靜點頭。

我嘆了口氣，「我消耗了一整個寒假時光，聽到她的回應時頓時失去了動力。這也是我在心向樓沒有攔下白宣，沒有回頭追她的原因。」

就算攔下了，我也不知道自己該說什麼。

以後，又該怎麼面對她？

「喔……我知道了。」

姐姐站起身，坐到了我旁邊的位置。

「白宣走了，那你的生活，先以自己為中心吧？」

「我……」我不要。

「不要再繞著她團團轉，如果你不想，也不要再做 Youtuber 相關的事了，不要再遷就她。」

「我……」我不要。

「去享受自己的校園生活，跟其他朋友一起逛街、打球、看書、看電影、聽演唱會，什麼都好，暫時放下她吧。」

「我……」我不要。

眼睛酸澀不已，我有點難抑制自己的情感。

姐姐就在我身邊，緊繃的心弦，好像慢慢地鬆動了。我盡量不眨眼，要是眨眼，我怕會有東西不受控制地滿溢而出。

我不想在姐姐面前哭出來，那樣太像小孩子了。

「失去了重要的人肯定會很難過，但是白宣還沒有完全離開，她還在迷路。等到你再一次準備好踏上旅途，就去把她抓回來吧。」

「唔……」

「在那之前，先好好休息吧。」姐姐的手掌攀上我的頭髮，輕輕揉著，「不只身體，心裡也是。」

「嗚！」

姐姐溫柔的聲音，在在勾起小時候我與她相處的回憶。以前，只要我難過大哭，姐姐總是會安慰我。

長大之後情感愈來愈內斂，這種情況便愈來愈少。

我終於忍不住哽咽，即將哭出聲前，姐姐摸了摸我的頭。

「柳透光，不要難過，你一定可以把她帶回來的。」

後來，姐姐先離開了客廳。

我一個人在客廳待著，直到深夜。

隔天早上，太陽從窗戶外透進室內。

有點熱。

陽光照耀著客廳，感受到光芒的我從沙發上起身。先是撥開了身上的薄被，回頭一看，沙發上還出現了一顆枕頭。

「枕頭……」

這都是姐姐幫我準備的吧，怕我在沙發上睡著了，會因此感冒。

我滿懷感謝地把枕頭和棉被放回自己房間，特地經過姐姐的房門前，看她在不在家。

嗯，看來似乎不在。

今天是假日。

開學之後的第一個週末。

我隨手整理了因睡覺而凌亂的短髮，走向廚房覓食。

廚房裡什麼也沒有，我回到客廳，發現桌上有一張紙條。

我在工作室，今天有空的話，來我工作室看看。

「姐姐的工作室嗎？」

說起來，我一次都沒有去過呢。

我試著想像服裝設計師的工作室會是什麼樣子。

之前我看過姐姐設計的鞋子——年輪。那是一雙典雅的素面踝靴，很美。

更不用說白宣身上那件天空藍為底色，純白滾邊的連帽運動外套了。那件外套把白宣的迷茫捕捉，飾以空靈，營造出獨屬於白宣的氣質。

「我想去一趟。」

姐姐的工作室。

喃喃自語，我一邊思考今天還要做什麼，一邊走回房間拿換洗衣物。

昨天沒洗澡就睡了，去找姐姐前，還是簡單沖洗一下吧。

氣溫逐漸回暖，但只穿短袖還是會冷。

我看了看衣櫃，挑了件質地柔軟的藍色長袖套頭毛衣，搭配一件素灰色的短褲便走進浴室。

洗完澡出來，稍微打理一下，我踏出了家門。

好餓，先去吃早餐。

悠閒地走在街道上，出外踏青的家庭、約會的情侶，在春風吹拂城市的同時，大家的臉上都掛著笑容。

櫻花，也快要綻放了。

我走向家裡附近一間早午餐店，推門而入時，看見了那隻狐狸。

狐狸坐在露天區的用餐位置，大口吃著牛肉捲餅。

這座城市真小。

不過，我跟狐狸住的地方本來也不遠就是了。

說起來，在我們很小很小的年紀，我們兩家就住在附近了。這樣的偶遇，說不定比我有印象的次數還要多。

我到櫃檯點餐後，走向狐狸所在的位置。

「早安，白唯。」

「咦？你也來這裡吃早餐？」

「這句話是我要問妳才對吧。」我拉開椅子坐下，「妳不是讀全住宿制的高中，怎麼回來了？」

「我們學校本來週末就可以回家喔，只是我比較少回來而已。」

白唯放下吃到一半的捲餅，滿足的表情說明了早餐的美味程度。

她轉向桌上另外一個乳酪堡。

「這裡的早餐很好吃吧？」我笑著問。

該哭就哭、該笑就笑，能這樣坦然自若地表現情緒，在我認識的人裡很少，白唯是其中之一。

「剛好遇到妳，妳等下有空嗎？」

「有啊，要幹嘛？」

「跟我一起去……啊，等吃完再說吧。」

「好喔。」

我吃完了貝果，白唯吃完了乳酪堡和牛肉捲餅，桌上只剩下她的鮮奶茶與我點的微糖黑咖啡。

白唯低下頭，把頭的高度降低，平視著那杯黑咖啡，雙眼帶有可愛的敵意。

「這杯，難道又是無糖？」

「不是，是微糖。」

「哈哈哈哈，柳透光，你終於開始喝甜的東西了。」白唯忍不住大笑。

開朗的笑聲、燦爛的面容，雖然沒什麼意義，但我在心裡想著，嗯，這是白唯。

這一定是白唯。

「白唯，我等一下要去我姐姐的工作室，妳要一起來嗎？」

「我和張新御晚一點有約，要去攝影。」

「攝影？」和張新御？

我微微睜大雙眼。

白唯不好意思地搔搔耳邊的髮絲，說道：「對，你應該也知道，櫻花快要開了，我們想先去練習關於花的主題攝影。」

「喔喔喔喔，我懂了。」

我喝著咖啡，調整了一個讓自己坐得舒服的坐姿。

白唯在寒假以前沒有攝影這個興趣，看來，這一趟追尋白宣的旅途，也有一點預料之外的效果吶。

是說，白唯妳是在害羞什麼——這句話，我埋在心底。

沒有必要問。

微風輕輕吹拂而過，撩起了白唯的頭髮，捎來春天的氣息。

白唯用手撥順，雙眼在略顯凌亂的髮絲下盯著我。

「柳透光，你暫時不打算去找我姐了嗎？」

「對，我累了。」

我攤開雙手，很直接地回應。

「你真的、真的不去找我姐了？」

「對呀。」

記憶的片段，像是跑馬燈一般在我心中播放。

在心向樓天空步道，我道破了白宣白唯身分互換的祕密。那時，白宣坦然地回頭望著我。

而白唯，真正的白唯，則在我的後方束手無策地站著。不知道放哪的手，緊緊抓著另一隻手臂，就連站立都有些困難。

從回憶中抽離，看到白唯眼中一閃而過的失望，我慌忙補充：「只是暫時而已。剛好也開學了，我想先休息一陣子，等到我準備好了，我會再踏上旅途，去把妳迷路中的姐姐帶回來。」

「那就好。」白唯的手擔心地擱在胸前，好不容易放下。

失去人生的方向，謂之：迷途。

露天用餐區外有一整排路樹，樹下的花圃都還沒有綻放，樹葉隨著微風飄下，白唯抬頭仰望。

天空很藍，白雲幾乎看不見。

春天快來了。

白唯說的話，隨著風飄向遠方，在那之前，先進入了我的耳朵。

「柳透光，如果下一次你要踏上旅程，記得跟我說。我還是很想、很想，幫忙姐姐破除她心中的迷茫。或者說是心魔吧。」

「嗯。」

白唯想了想，「姐姐轉學了，新學校可能在南部，或是東部，她叫媽媽別告訴我，所以我也不清楚。」

「沒關係，在我準備好前，我不會去找她。等我想清楚，再去找她就好了。」

我平靜地說。

現在，我心裡沒有太多漣漪，試著保持平常心。

我必須提出一個自己也確信無疑的說法，才能帶領白宣穿透層層迷霧，走回未必正確——但起碼不會自我質疑的路上。

「那先這樣，我去找張新御囉。」

「嗯，拜拜。」

白唯起身離開。

看著她一蹦一跳、在街道上飛快移動的身影，就像隻輕靈敏捷的狐狸。她的背影，一下子消失在街道彼端。

「我也該走了。」

迎著春風，我踏下了木階梯，走回柏油地。

「姐姐傳來的地址是在……」

打定主意，查好了路線，我在餐廳附近搭上了公車。

姐姐的工作室離這裡有一段路，那個空間，現在似乎是她和一個學妹一起合租。

她們會窩在工作室裡工作，討論當季服飾特點、設計概念，設計好的衣服會少量進行販售。

偶爾也會參展。

白宣身穿的那件迷茫藍連帽外套，在 Youtube 與粉絲團引起一堆人瘋狂搶購。

有了白宣的前例，姐姐也會送一些自行設計的衣物給適合的 Youtuber 穿。從此之後，姐姐的工作室就小有名氣了。

十幾分鐘後，我下了公車。

空氣變了。

看著姐姐傳來的手機訊息，我依照地圖走上坡度和緩的斜坡。這裡比起家裡那一帶，感覺環境更加清幽。

這一帶的房子傍山而建，工作室位在的大樓後方，就是深綠色的樹林。斜坡似乎一路通向山裡。

在斜坡中途，我轉進了小巷。巷內第一棟四層樓建築的二樓，就是姐姐的工作室所在。

「這裡工作的工作環境真的很不錯呢，好寧靜。」

我站在屋外，環視著周圍。

忽然，二樓的窗戶打開了。

姐姐的頭探了出來，向我大喊：「柳透光嗎?門都沒鎖，直接上來二樓就好。」

「好，等我一下。」

踏上二樓，打開大門，這是我第一次到姐姐的服裝設計工作室。

工作室內的裝潢十分典雅，兩具模特兒假人、掛著過季服飾的衣架、素面的木板地。

最吸引我目光的是，窗邊隨風搖曳的窗簾下，那張木紋細緻的秋香木桌。

木桌旁有張小木几，木几上堆了幾本厚重的書。

略顯蒼白的光芒從窗外透入，打在姐姐的側臉上。通透的白。她坐在秋香木桌前，傾心畫著設計稿。

那副表情極為認真，我從未見過那麼專注的姐姐。

姐姐身上的淡色亞麻長版大衣、白灰色的合身長褲，輕抿的嘴唇，徹底融入了靜謐的工作室裡。

她手上的筆，在紙頁上輕輕劃過，發出了悅耳的書寫聲。

走進這裡，彷彿時間都變慢了。

我輕喚了聲。

「午安，姐姐。」

「你等我一下喔。」

「好。」

我走近放在工作室裡的人形模特兒。

灰白色人形披著姐姐設計的春裝，我伸手觸碰，轉瞬收回。

人形模特兒後方是一整排懸空的衣架，過往的舊款衣物統統掛在上頭。一想到這些都是姐姐和朋友設計的衣物，我打從心裡升起了一股敬意。

她們，究竟花費了多少時間在設計上面吶？

「好了。」

姐姐把筆擱在桌上，再打量未完成的設計稿一眼，似乎覺得告一段落了，忍不住點點頭。

「好像還少了點什麼……之後再說吧。」

她旋即起身，走向工作室的角落。

那裡放著幾個鞋盒，姐姐從中取出一雙鞋子。不等我詢問，她拎著鞋子走回書桌，把它們放到窗邊的櫃子上。

「柳透光，仔細看這雙鞋。」

「嗯。」

藍色窗簾隨風輕輕飄動，陽光時而灑落，時而遮掩，形成完美的打光。

一道道蒼藍色彩，一閃，一滅，染上了鞋身。

那是一雙基色為淺櫻色的帆船鞋。

介於月白色與薔薇色之間的色彩，更像是櫻花花瓣染淡的顏色，春天的氣息非常濃厚。

帆船鞋的鞋身下緣，有著幾朵粉色的櫻花，不規則地飄落。鞋子跟部，印著天空藍的字樣「Sola」。

我看傻了眼。

我想了想。

其實，我還真的說不出來什麼。這一雙鞋子的設計，遠遠超出我對鞋子的想像。姐姐真的好厲害。

我拿起了其中一隻鞋。

打造這雙鞋子的材料應該很好，不僅重量很輕，手感也很舒服，一點都沒有太硬太刺的感受。

我小心翼翼地把鞋子放回桌面。

這雙鞋子，不知道乘載了多少姐姐的心力與時間。

原先雙手抱胸觀察我的姐姐，單手接過了我放回桌上的鞋子，另一隻手輕輕將頭髮順回耳後。

她像是訴說重要的事一般，認真地說：「這雙鞋子的名字是春雨。」

「春雨？」

很像是姐姐會取的名字。

姐姐的雙眸轉向桌上的春雨。

「這雙鞋子的設計構想是，在經過長達三個月寒氣逼人的冬天以後，當春天的第一場雨降下，宣告春天來臨——就可以穿這雙鞋子出門。春天的第一場出遊，一定很開心吧，也會很喜歡很喜歡春天。」

「對。」

「所以，我把春雨送給你了。」

「咦？為什麼突然送我？這雙鞋是姐姐妳的心血，我不能就這樣收下啦。」

我驚慌失措地搖著頭後退了幾步，以防姐姐將鞋子硬塞給我。

「鞋子和衣服一樣，穿在人身上才有意義。」

姐姐理所當然地說著，明亮的雙眼輕眨。

「收下吧！」

她隨性但不容拒絕地指向春雨。

我聳聳肩。

這裡和姐姐鬧彆扭沒有意義。

「好吧，我收下了，但原因是什麼？」

「你辛苦了這麼久，去追尋一個對你來說無比重要的人，不管有沒有成功，我都很自豪有這樣的弟弟。冬天好不容易結束，春天要來了。就當作是祝福，姐姐想送給你一雙新的鞋子，展開屬於你的全新旅途。」

「……原來如此，謝謝姐姐。」

獨屬高二青春的旅途嗎？

春臨，春雨。

春天終於要來了。

「喏，鞋盒給你。」

姐姐遞來鞋盒，我將鞋子裝進裡面。

她的臉蛋上漾起愉悅的笑容，那是她發自內心湧出的祝福吧。

「好了，你把鞋子拿回家，我要繼續忙了。」姐姐隻手撐著桌面，視線挪回未完成的設計稿。

離開工作室前，我回頭注視著在透出微光的窗戶邊，埋首桌上設計稿的姐姐。

她的身影，一如既往率性。

一心一意投入設計的她，在我眼裡美得不可思議。

有這樣的姐姐在，我也很自傲。

我提著春雨，心裡湧出對未來生活的渴望。

原來一雙鞋就能給我這麼大的動力。

白宣不在了。

在我重新凝聚找她的動力以前，或許，我該先開展自己的人生。做 Youtuber 也好，尋找興趣也好，我要先充實自己，才有能耐帶領她穿越層層迷霧。

在迷途中，尋找到邁步前行的方向。

CHAPTER 2

春雷

週末很快要過去了。

在房間裡，我的書桌上放著一杯黑咖啡，飄著白煙。

播著輕音樂，當作白噪音來聽，很能放鬆，保持悠閒的心情。

「登登，登登。」

我點開了「追逐夜星的白宣」粉絲團，最近私訊白宣的人明顯減少了。全盛時期的白宣粉絲團，我和白宣每天都要看好幾百條通知。

Youtube 頻道也是。

在這個訊息爆炸的時代，似乎再怎麼知名的創作者，都撐不過幾個月的銷聲匿跡。

電腦螢幕上出現了「松木上的小青藤」的頻道推薦。

口中的咖啡差一點噴出來。

「居然已經開始推送了！」

我很驚訝。

王松竹和小青藤才辦這個頻道不久，聲勢就這麼旺。看來，他們兩邊對新頻道的宣傳都不遺餘力。

月底，是他們第一次聯手辦線下演唱會的時間。

下週末，他們則有一場線上直播。

「嗯。」

一時想到什麼，我把手肘抵住桌面，手掌托住下巴，陷入沉思。

閉上雙眼，專心思考，輕鬆悠哉的音符，在在讓我沉浸在思緒裡。

追逐夜星的白宣，旅遊探索型 **Youtuber**。

那，跟白宣一起在頻道裡出沒的我呢？大家眼中的墨跡，又是怎麼樣的一個人？

只是白宣的跟班？

還是互補、缺一不可的角色？

白宣，因墨跡而完整。墨跡，因白宣而存在。

我微微笑了起來。

突然好想知道，我在超過五十萬的粉絲心中是什麼樣的人？

如果，他們想像的人，跟真正的我截然不同，我是否也會遭遇跟白宣一模一樣的煩惱？

打定主意，我緩緩睜開眼睛，打開了 Youtube 創作者工作室。

熟悉的介面我已經登入了無數次，但這次，是要開啟自己的頻道。

不再是「追逐夜星的白宣」的一員，而是單一的、獨一的墨跡。

「哈哈。」

嘴角不意間咧開。

在外人眼中，我早就是一個 Youtuber 了，但直到現在，這才是我第一次開設自己的 Youtube 頻道。

——要做什麼？

這也是我第一次捫心自問。

以往我只要跟著白宣，或是翻看旅遊介紹、地圖分析，依照興趣挑選自己想去的地方，再去現場好好旅行、拍片就好。

現在不行了。

我往後靠向椅背，盯著營幕上空白的頻道主頁。

頻道沒有內容，今後該更新什麼？

要做什麼？

眼珠骨碌碌轉動，一會兒看向天花板，一會兒瞥向窗外，試圖獲得更多靈感。

喜歡什麼？

我喜歡旅行。

很喜歡美景，很喜歡所有美的人事物。尤其是那種投入大量時間與精神，一筆一畫刻出的作品。

像是姐姐的工作室裡，那些乘載時光的服飾。它們很美，因為它們的存在有其意義，展現出了它們背後的創作者，為它們所投入的時間與精神。

思緒及想法化為畫面，在我心中快速閃動著。

旅行，前往異地。

美景，投入大量的時間和精神雕刻。

「啊，有了。」

前段時間，正確來說應該是在寒假之前，有個粉絲傳送了一篇很有趣的旅行心得給「追逐夜星的白宣」。

當時我看完後，其實對那裡很有興趣，但在討論前白宣就消失了，因此擱置到今天。

印象很深。

我開始找起那個粉絲的私訊留言。

我依稀記得，那是一間座落山腳的紙藝工作室。

具有時代感的木造建築，裡頭都是紙藝師親手做的紙藝品，許多精美的成品，難以想像是怎麼用紙做出來的。

紙藝工作室不遠處有一座湖，湖面倒映群山，猶若明鏡。

傳訊的粉絲從遠方拍攝了一張工作室與山下湖泊的照片，其中揉進了數不盡的冬天群景。

「找到了。」

我帶著既期待又害怕失落的心點開那張照片。

凋零的樹木、蕭條的鄉間小道、寧靜的湖畔、獨坐岸邊釣魚的男人，與冬天冷風拂過的紙藝工作室。

紙藝工作室外，暗淡的太陽銜山，陽光灑向門外的湖泊。

我再也說不出話。

雙眼就像是被漩渦深深吸引，根本離不開那張照片。彷彿整個人都被從身處的現實抽離，投入了一個虛幻的空間。

眼裡，只有那間紙藝工作室。

我想去那裡，想走進那張照片裡。

如果這就是所謂創作的衝動，那我該如何回應？

敲響它。

用盡一切手段，敲響它！

我深深地吸了一口氣，再看了看那個粉絲留下的旅行心得，記下了地址。

「我要去那裡。」

而這段旅途，就是我的 Youtube 頻道的第一支影片。

明天就星期一了，要上學。

週一開始新的一週，剛好可以做下一趟旅行的行前準備。

要先打電話問問看那間紙藝工作室的負責人，他們具體對外開放的時間。紙藝工作室展示的是個人創作的藝術品，願不願意讓我拍成影片，也需要先確認。

有事情可以做了，知道接下來要走向何處——想不到，這居然是如此令人開心的事。

我笑容滿滿地關閉螢幕，倒向床上。

滿心期待，明日的到來。

在一年半以前，高一上學期我認識了白宣。

在圖書館認出她的身分，成為第一個認出她是 **Youtuber** 的同學。或許，從那天開始我與她的人生都變了。

我們改變了彼此。

我會跟白宣一起做影片，後來甚至成為了頻道伙伴。

不可避免，因此我與白宣都大量減少了跟其他同學交流的時間，也比較少參與班上同學的聚會，或者社團活動。

高二上的寒假，白宣消失了。

高二寒假結束，白宣轉學了。

這學期開始，我刻意地增加了在學校跟同學互動的時間，甚至有了參與社團的打算。

我也想過過青春的高中生活，而不是每一天被構思題材、拍攝影片、經營觀眾等事情綁住。

我依然是 Youtuber，也還是會做影片創作，但我也是一個普通的水昆高中二年A班學生。

白宣不在的空白，正好可以填上其他色彩。

我跟幾個本來就比較好的朋友，在放學後打球、看電影、讀書，聊八卦、聊考試、聊哪個女同學比較可愛。

幾個男生一起，約班上另外一群女生在假日時去逛街、唱歌、聚餐。有幾個女生很好奇我做 Youtuber 的事，還有白宣的事。

但我沒回答什麼太特別的答案。

大家一起玩樂時，很開心。

能擱下所有煩惱。

我不會面對突然鑽出的無形冰牆，也不會突然陷入迷霧之中。

玩完回家，我還可以獨自面對接下來要經營的頻道。

從頭開始的感覺，很有意思。

某日，其中一位朋友問我：「欸，柳透光，你之後要參加社團了嗎？」

「社團？」

「嗯啊，像是籃球社、羽球社、跆拳道等體育社團，或是文藝向的管樂社、電影欣賞社、動漫社之類的。我們學校社團很多，還有咖啡社、推理諮詢社、寫生社喔。」

從入學時，我就聽說水昆高中以社團活動興盛而著名。

「好啊，我回去研究一下。」

隨口回應，我在心裡盤算，之後去各個社團走走，看看哪一邊比較有趣吧？這樣我也可以接觸到各種不同領域的人。

第一週、第二週，在滿豐富的學生生活中度過了。

離期中考還有一段時間。

下一趟旅行的準備也做好了。

從粉絲專頁傳訊息來的那位訂閱者，她告訴了我那一間隱身在田野之中的紙藝工作室的聯絡方式。

經過電話溝通，我取得了工作室負責人的同意。可以準備正式開始拍影片了。

週五夜晚，我背起了背包，從房間走到玄關。地上放著姐姐親手設計的淺櫻色帆船鞋——春雨。我坐在玄關處，像是對待寶物般慎重而愛惜地拿起鞋子。

春雨很美，乘載了不知道多少姐姐專心投入的時光。

眼前幾乎能閃現出姐姐在微弱的橙色燈光下，盯著設計稿與手中的原型鞋，埋頭苦思的模樣。

我用手機拍了一張照片，作為之後上傳頻道的素材。

穿上了春雨，我原地站起，在玄關處走了幾步。

帆船鞋的鞋型我很熟悉，姐姐做的這雙鞋子很柔軟，穿起來很舒服。

「柳透光，你要出門了？」

「嗯。」

我回頭一望。

是姐姐。

一身直達小腿的灰色大衣，開襟處透出內裡的白色襯衫，她依牆而立，雙手抱在胸前，氣質清秀出眾。

修長睫毛輕眨，她的雙眸看向我穿的春雨。

姐姐的嘴角勾起一絲笑意，輕聲地說：「一路順風。」

「我會帶名產回來給妳。」

「好，等你。」

姐姐對我揮揮手，轉身消失在走廊。

我打開門，呼了一口氣，獨自一人踏上夜晚的街道。春風拂過我，把我的頭髮稍稍吹亂。

風，已經不若冬末春初那般冷冽。

是春天了。

迎著春風十里，我再一次踏上旅途。

紙藝工作室位在新竹的一座客家小鎮，離我家的距離約莫一個小時的火車車程。

之所以挑這個時間點出發，抵達那邊大概九點、十點，是因為我想親眼看看夜暮降臨的小鎮。

夜色，也是一種欣賞小鎮的濾鏡。

我坐公車前往火車站，正值下班下課的通勤巔峰，車站裡人來人往，每一個人的步伐都很快。

我搭上了前往小鎮的火車，靠著窗，在火車駛向郊外前閉上了雙眼。

火車開了。

一個小時的路途，說近不近，說遠也不遠。車窗外的風景，從高樓林立的城市，變成了田野開闊的小鎮夜景。

我托著下巴，斜身靠在椅背上，打著盹直到抵達目的地。

小鎮位在山腳下，往前方一看，就是一座大山聳立在遠方。

車門關閉的提示音迴盪。

我走在車站月臺，拿出手機記錄火車離去。

出了臺北，鄉間的火車站不再充滿人潮，也沒有富現代感的裝潢與不停閃爍的電子信號。少了新潮，卻也多了純樸宜人的味道。

那種杳無人煙、在夜裡連燈都只有幾盞的車站，應該不少吧。或許，以後可以拍拍看那些荒廢的車站。

它們肯定也曾乘載著許多美好時光。

我走出氣氛寂寥的車站，周遭的空氣十分清冷新鮮。

我很喜歡。

踏出車站，映入眼簾的是早已關閉的商家、拉上門的民房。唯一開著的店，是車站前的便利商店。

幾臺計程車停在車站外，運將在一旁泡茶聊天。

瞭解一個小鎮最快的方法，就是親自走過一遍。我看著手機地圖，對應著街道上的地址，往旅館前進。

這裡是開發較早的區域，當初似乎是經營打鐵的產業，道路、建築，規劃得都算有條理。

但時間在此地留下了痕跡，產業轉移、人口外移後，漸漸沒落的小鎮，基礎建設也都慢慢跟不上現代了。

還不到睡覺時間，很多民房的燈卻都沒有亮。寬敞的馬路上偶爾飛過舊報紙，暗橘色的路燈一閃一閃。與臺北不同，偏樸素的小店招牌。

我要去的紙藝工作室雖然在這座小鎮，但離鎮中心還有一段路，得騎腳踏車才能到，是在小鎮郊外的地方。

我走進車站附近的旅館，這兩天就住在這裡。辦理好了入住手續，我接過房間鑰匙，走上大廳的階梯。這次沒有別人相伴，只有我獨自一人。

隔天，我在拂曉時起床。

唔，有多久沒有在這個時間點自然醒了？平日我也會在早晨起床，但那是因為有鬧鐘，和上學遲到的壓力。如果沒有必要，像是假日，我自然醒通常是快中午的事了。

我走到窗邊，一口氣拉開窗簾。

天色微明。

小鎮上行人零星。

令人精神一振的新鮮空氣，從窗外滲入室內。

拂曉獨有的銀白色光芒，為小鎮灑上淡淡的色彩。第一道劃破黑夜的光芒，竟是如此美麗。

銀白色的溫和陽光照耀著我的臉龐，心裡湧起前所未有的悸動。

今天的旅行，一定能獲得美好的體驗。

簡單洗漱過後，我離開了旅館。

驚蟄時分，耳邊春雷隱隱。

旅館外有著唯一一間自行車出租店，裡面還能租借電動車或機車。

我租了一臺自行車，背著背包，在清晨小鎮展開旅程。

這趟旅行，不為任何人。

一路上，每當我看到有趣的小店，就會停下腳步。

反正，我不用再尋找別人。

親身走訪，親眼觀看，我試圖瞭解、記錄那些穿越時光長河的手藝。

百年的豆腐店，老闆父子檔在店裡製作豆腐。在這個過於倉促的時代，依然堅持手工製作。

整齊排列的板豆腐，端端正正地鋪在木板上。

早晨，我買了一杯熱豆漿。濃郁的豆漿帶著點焦香，味道溫潤順口。

拿著豆漿不好騎車，我索性牽車步行。

步調，放得更慢了。

這座城鎮開發得很早，保留了很多祠堂與老店。這條街是小鎮唯一商家林立的街道，隨著時間越來越接近中午，路人與觀光客逐漸變多，熙來攘往，非常熱鬧。

百年的茶室、百年的冰棒店，還有飄散餅香的糕餅店。

要是在秋天來到這裡，據說街道上會洋溢著曬柿餅的氣息。

滿城柿香。

紅磚瓦蓋成的四合院式祠堂，有著如燕子尾巴一般高高揚起的屋脊。看著那紅色磚頭砌成的建築、灰白色的瓦片，我忍不住駐足徘徊。

時代風雲，感受很深。

「拍張照好了。」

我將老街的片段記憶記錄下來。

如果我將這裡的風景拍成影片上傳到頻道，或許會有人受到鼓舞，而前來觀光，也可能因此留下畢生難忘的回憶。

但對於老街本身，那都不過是漫長光陰中的零碎片段吧。

轟隆！

隱約雷鳴。

小山與丘陵遍布的新竹，風一向很大，霧氣也無所不在。

時值三月，氣溫漸漸回暖。春雷出現之後，驚動了蟄伏在土壤中的昆蟲，萬物開始甦醒。

「就這麼長啊。」

不意間，我已經牽著腳踏車逛完了整條老街。再走下去，也沒有其他店家了。

我站在路邊，默默回首。

擁有百年歷史的小鎮老街、人群來來往往夾雜的客家話，還有那無時無刻不拂過頰邊的春日微風。

再次用相機拍下照片，拍下時間的痕跡，留下時代的回憶。

我跨上腳踏車，往前騎去。

春雷驚蟄。

青秧如雨。

走出鎮中心，視線所及只剩一座座丘陵與小山，青草地連綿。放眼望去，盡是一片青秧綠色。

鮮少人為風景與建築，遠離了一切城市喧囂。

我騎在人煙稀少的道路上，左右兩邊都是水田，還有隱約被霧氣遮掩，染上一層薄灰色的沼澤地。

這裡的大自然環境……

乾淨、清新，純粹。

在城市裡成長、生活的我，儘管也曾和白宣一同四處旅行，見識各地風景，但這樣純樸簡單的景色，依舊每每都能為我的心靈帶來震撼。

我能感受到迎面而來的風，在雙頰上輕輕颳過的觸感。也因為心裡平靜，聽覺、觸覺、視覺感官都放大了，變得更敏銳。

耳邊沒有人聲，只有蟲鳴與淙淙水流的聲音。

這一帶用以灌溉的水渠，清澈見底，能清楚看見在水裡的小石子。

山、水、田，輕易地成為了我眼裡的所有。

「如果可以，好想住在這裡。」

我不禁感嘆。

沿著空曠的馬路直直往前騎了一段時間，一條略顯破舊的石磚道出現眼前。

沒有人定期打掃，磚道上鋪了一層黃沙。

道路兩邊、石頭縫隙，也看見了生命力堅韌的小草。

很有蕭條感。

一名穿著白色上衣的短髮女孩，拿著筆記本坐在道路旁的斜坡。順著斜坡往下，是連綿的青草地與水稻田，直達不遠處的丘陵。

又是一聲春雷。

我停下了腳踏車，雙腳踏上石磚地。

「喔，就在這哪裡啊。」

磚道彼方，就是那間紙藝工作室。

兩層樓的木造建築，要是不仔細看，很容易就和背景的山林融為一體。它隱密地藏身於丘陵與丘陵之間，被青秧環繞。

照片裡那座明鏡般的湖泊，想必走到紙藝工作室那邊就看得見了吧。

我的視線在短髮女生身上停留了幾秒。

她正全心投入手上的筆記本，手拿著鉛筆來回素描。

說實話，我很好奇她怎麼會一個人坐在這裡？

看起來是國中生吧？

她在寫生嗎？

猶豫了幾秒，我沒有開口與她搭話。

還是不要打擾人家好了。

腳步不停，我穿著姐姐親手製作的帆船鞋，走向紙藝工作室。

靠近紙藝工作室時，磚道兩旁出現了花圃。

道路的終點是一片種滿了花的泥地。

這裡的主人像是隨手撒下種子，自然生長的百花，十分融入這一帶的大自然生態。

時值春天，再過一陣子，這裡就會有了百花爭鳴的景色。

紙藝工作室占地不大，除了是紙藝師的工作室，也是成品展出地。

我敲敲門。

很快就有人回應。

木製大門緩緩打開，應門的是一位約二十五歲上下的女性。比我矮一點點，身材偏瘦，皮膚白皙，彷彿吹彈可破。

一頭長髮染成輕盈的褐色，如瀑布一般落下，擱在了肩膀。

單手推著門把，她禮貌性地問道：「請問你是？」

「你好，我是柳透光，也可以叫我墨跡。」

「柳透光？墨跡？喔，你是那一位跟我聯絡的 Youtuber 吧？」

「對，就是我。」

對方伸出手，我也禮貌地與她握了握手。

「你好，先進來吧。我們這裡有點偏僻，也不算很有名的紙藝工作室，這還是第一次有人願意幫我們宣傳。」

「是這樣啊。妳好，請問該怎麼稱呼妳呢？」

「你可以稱呼我『月白』。」年輕的紙藝師敞開大門，補充道：「無論如何，先進來再說吧。」

「謝謝。」

踏進玄關，空氣中的氣味頓時一變。

保留了屋外的大自然純淨芬芳，紙藝工作室裡多了一絲墨水、舊紙、木頭，長年在冷氣吹拂之下產生的清爽氣息。

還有盛開的櫻花、玫瑰、紫羅蘭，交織出來的細膩香氣隱約飄散。

是香水嗎？

「走這裡。」月白走在前頭。

「好的。」

跟著她走穿越走道，我看見了一片玻璃立於走道終點。

那是彩繪玻璃。

比人還高一截的玻璃中央，繪有高雅的夏堇，常見的夏菊、太陽花、荷花，色彩淡雅的月季花，還有可愛俏皮的矮牽牛。

夏季的花朵在玻璃上綻放，呈現出透明感與藝術感。

「這塊玻璃好美。」

「是吧？呵呵，這是我設計的。」

「可以拍照嗎？」

月白微微一笑，臉蛋透了點紅潤。

「請。」

她細聲說道。

我一愣，在很久很久以前，我也曾看過那副笑容。

「妳的影片拍得好好喔！」

「唔，真的嗎？」

「真的，我好喜歡，尤其是妳在野外料理的時候。」

我揮去心中閃出的畫面。

拍完照，我跟著月白往右轉，進入了光線明亮的工作室一樓。原來這裡是樓中樓，一樓的角落有一道旋轉樓梯可以上到二樓。

紙藝工作室的一樓分成了展覽區跟待客區。說是待客區，其實也不過是將展覽區的一角劃分出來，擺上兩副桌椅。

「坐吧，我倒茶給你。」

「好的，謝謝。」

順著月白的指示，我乖乖在椅子上坐下。

月白穿著合身的靛藍色長袖，很內斂的顏色。下半身是白色與淺藍色，橫條紋、豎條紋不規則剪裁的裙子，腳上則是素色的霧面皮靴。

她倒了兩杯熱茶，動作俐落不失優雅地將杯子推到我眼前。

從進門開始，月白一直給我一種強烈的……家教良好，擁有內斂自信的感受。

我接過茶杯。

月白坐正後，修長漂亮的手指，輕輕點過內彎的瀏海。

紙藝師的手指一定非常靈巧。

「先謝謝你特地來這裡，傳訊息給你的是我妹妹。」

「嗯嗯。」

「她剛剛跑出去寫生了，好像是學校的作業，所以她現在不在。」

「喔喔，我明白了。」

剛剛跑出去寫生……

考量到這裡人煙稀少，她的妹妹，八成就是那個在斜坡拿著筆記本畫圖的短髮女孩吧。

原來是月白的妹妹。

「這裡是我的個人工作室，也有陳列我創作的紙藝品，基本上一樓都是展覽區，二樓才是工作室。」月白笑著說：「今天不是開放參觀日，但既然是我妹妹主動聯繫你，也不好就這樣直接讓你回去。」

「請問，我等一下可以參觀參觀嗎？」我期待地問。

月白輕聲說：「當然。」

那就好。

我對這裡的紙藝品很有興趣。

我一直認為，作品會傳達出一個創作者的本質，不知道月白的本質與她給人的氣質是否一致？

我抬起頭，瞧見她正不露痕跡地觀察著我的表情。

發現我注意到後，她也不遮掩，而是自然而然地說道：「我妹妹，她真的很喜歡你們的頻道。大概是去年底開始，她放學回家之後，常常抱著平板傻笑，我問她在做什麼，她總是說在看你們的影片，看著你跟白宣一起上山下海。你們就像是她的偶像？或是仰慕的人？總之我妹妹很喜歡你們。」

「是嗎。」

我點點頭。

只可惜，那些過往已成追憶。

「剛好你們先前在募集新的景點，妹妹就趁機把這間工作室跟明鏡湖拍下來，傳給你們了。我會知道，是因為她很開心地跑來跟我說過。」

「原來是這樣啊。」

我喝了一口茶。

但是，只有這樣嗎？

心底深處湧起一絲納悶，但我沒有追問。

「我想開始參觀了，可以嗎？」

「請。」

月白站起身，她越過我身邊，走向一樓的主展覽區。靛藍色的衣袖輕飄飄拂過，群花盛開的氣息也在半空瀰漫。

「我作為導覽員，幫你解說吧。」

「麻煩了。」

紙藝工作室的一樓展區。

展區四邊皆是潔白素面的牆壁，各自有一扇採光明亮的窗戶。月白在牆壁上布置了少量木製陳列架，放上了立體紙藝品。

像是經過摺紙，剪裁，加入一些額外的素材輔助，最後塑造而成的熊貓、北極熊、狐狸、夏蟬等等。

除了牆壁以外，展區的正中央空間，是一道口字形的展覽桌。我沿著牆面走動，想先欣賞牆邊的展出品。

「木架也是妳做的嗎？」

「嗯，隨手做的而已，很簡單。」

「但是很好看吶。」我發自內心地說道。

樸素的木板，上面有著年輪痕跡，輕輕地鋪在釘在牆面的釘子上。

顏色深淺不一的木架，作為紙藝品的陪襯，不規則地出現在純白色牆面。

「哇，這是……」

我不由得停下腳步，忍不住驚嘆。

神奇的紙藝品，出現在眼前。

那是舊臺北城的北門。

形狀看似一座小碉堡，樓身以紅磚砌成，有著傳統建築常見的屋頂，正門口上的橫額寫著——承恩門。

歷史悠遠，落成於百年前，清朝光緒年間。

現在的北門是臺北門戶。

它也是一座跨越過百年時光，經歷時代風雲變遷的古蹟。

我探前身子看著紙藝細節，驚訝地發現，一塊塊紅磚、屋脊的條紋、老舊磚頭的剝落現象，月白的巧手都有將其呈現出來。

太過真實。

難以想像月白到底是怎麼做出這個作品的，又是經過多少時間的構思與製作？

「真的太強了，好不可思議。」

月白與我保持兩三公尺的距離，她雙手悠哉地插在口袋裡，淡然地說：「沒什麼，我只是順從內心渴望而已。」

「渴望？」

「對，渴望。紙，對我來說很美。紙藝，就是透過我的雙手去剪、撕、刻、拼、揉，甚至更複雜的編織、壓印、裝禎，每一個步驟，我都很喜歡。」

「所以妳才能這麼投入吧？」

我以確認的口吻問道，然而，答案根本沒有聽的必要。

我的視線轉而眺望整間紙藝工作室的一樓展區。

無數紙藝品放在這裡。不論是立體的紙藝品、平鋪或裱框的平面紙雕，還是偏向小飾品、小玩偶的紙藝，都是月白的心血。

站在這裡，我就能感受到這一切。

走過北門，來到附近的大稻埕一角，香火鼎盛的萬華龍山寺、單身男女前往的霞海城隍廟、人潮洶湧的迪化街。

這些地方紛紛被月白以摺、揉、刻、拼的方式，以立體紙藝的形式呈現了出來。

我看傻了眼。

無話可說。

徵詢同意後，我開始拍起這些作品的照片。

全神貫注，深怕遺落了任何一絲細節。

等到我做好影片，把這間紙藝工作室與月白放上頻道，觀眾肯定也會為這些紙藝品驚嘆不已吧。

「吶，月白。」

「嗯？」

「妳會怎麼定義紙藝品呢？」我好奇地問道。

「每一個紙藝師對紙藝的定義都不同。我自己是覺得，以紙本身為主角的創作，都是紙藝品。」

「以紙本身？」

「對啊。」月白含笑說道：「像是畫作就不算，畫作的主角是紙上的顏料、顏料所畫出的世界，而不是紙本身。」

「瞭解。」

月白很有自信，帶著愉快的神色展露笑顏。

我想，她真的非常喜歡紙藝。

她修長的手指，溫柔、小心地以指腹輕輕撫摸著展示檯上的貓頭鷹。

充滿愛憐。

不知不覺，我已經繞行了牆壁展區一圈。

剩下展區中央的口字形展覽桌。

「月白，中間那邊是？」

「喔，那邊都是平面的紙雕，是我用刻刀刻出來的作品。有些作品需要畫圖，我也會畫。比起立體的作品，平面的作品更能如我心願做出更全面的景色。」

「喔喔。」

我跟著月白走向展區中央。

第一幅進入視線的平面紙雕，採用淺藍色紙張，看起來偏硬，下面還襯了一張同樣材質的白紙。紙面都有波紋。

月白刻出了一片隱密而乾淨的海灘。

紙雕的世界裡，那個海灘，只有幾顆大石頭散落在海岸。

海浪拍打的動態被捕捉了下來，只是看著這幅作品，彷彿就能聽見海的聲音。

我凝視著紙雕，心底有一股微妙的感受。

這座沙灘，好像似曾相識？

腦海裡，一直有個聲音在催促著我提問。

難道我去過那裡？

我感受了許久，終於壓抑不下心裡那個隨呼吸而層層湧起的寂寞。

「月白，這片海灘，是真實存在的地方嗎？」

「是啊，幾年前我跟妹妹一起去屏東玩。這個作品，是我以看著她跑向海浪時湧起的靈感，所做出來的紙雕。」

「……因為那個畫面，讓妳印象深刻嗎？」

「對。」

月白說完，不禁莞爾。

見我停在紙雕前流連，她開始跟我講述那一張被封入玻璃中保存起來的沙灘紙雕，當初的構思與創作過程。

紙雕創作者太過稀少，只能自學，必須自己思考怎麼做，怎麼透過紙與其他素材建構出一個完整的作品。

走過了沙灘，我轉向另外一個也很大的平面紙雕。

是群星滿布的夜空。

黑色與深藍色的紙為基底，襯以不明材質的星星，在無盡的夜空與璀爛銀河之下，是一座孤單的觀景臺。

以紙雕來說，觀景臺出現在畫面中下方。

倘若有人從觀景臺往上一望，數不盡的夜星就能映入眼簾。

我往後退了一步，試圖從更遠的地方凝視夜空。

「這張也好美。」而且依稀相識。

「當然了，我是完全仿照真實的星空製作的。你仔細看，上面那條銀河的夏季大三角，是我最自信的部分。光是這些星星的材質，我就試了快二十種，到現在我還記得。」

月白懷念地望著紙雕。

她的手停留在玻璃上，輕輕拂過。

我好奇地問道：「所以，這也是真實存在的地方嗎？」

「嗯，這是南田觀景臺。」

「我雖然沒去過，但那個地方實在太有名了，所以我聽過。號稱全臺灣最寂寞的省道、最孤單的觀景臺，也是臺灣少數能看見海平面、原始森林、毫無光害星空的地方，而且幾乎沒人。」

「哈，你很清楚嘛，不愧是旅行系 Youtuber。」

月白小小稱讚了我一番。

只是，現在的我還能算是旅行系 Youtuber 嗎？

我也不知道。

我放下了手中的相機，素材已經拍夠了，剩下的就用雙眼好好感受吧。

沙灘與南田觀景臺，都勾起了我內心深處的某些東西。就像是飄入池塘的花瓣，雖然微小，但確實引起了池塘的漣漪。

某些可能遺忘了很久很久的事，我暫時還想不起來。

看完了展區的紙藝品，我駐足在窗口邊，眺望著遠方丘陵。

這裡被青色與綠色的草地、水稻田包圍，放眼望去，青與綠、山水田，幾乎就是一切風景。

純淨的水渠，清澈見底。

湛藍的天空，萬里無雲。

依稀飄散的薄霧，從更遠方的群山飄來。

「月白小姐。」

「嗯？」

不知不覺間，我發現了月白也走到了窗邊。

窗戶很大，我們兩個人各站在一邊，一同瞭望遠方也不成問題。

她的髮絲在肩頭形成了美麗的內彎，一雙水亮的眼眸，迎向陽光徐和的春日大地。

「這些作品妳現在有在販售嗎，還是有在接訂單呢？」

「幾乎沒有哦。」

「那，妳會想讓更多人看見這些紙藝品，或者是跟妳訂製紙藝品嗎？」

月白注視著我，紅潤的嘴唇蠕動了幾下，輕聲說道：「要是我真的想賺錢，或是以紙藝維持生活，現在我也不會一個月只開放三天讓遊客參觀了，呵呵。」

「嗯。」

「或許很多人創作，是為了最終能靠創作生活，當全職的創作者，但我沒有這個想法。從我折起第一張紙開始就是如此。」

「直到現在？」

「直到現在。」

月白溫和但十分篤定地說。

她轉過頭看向窗外，我望著月白堅定不移的側臉。

毫無動搖，意志堅決。

從折起第一張紙，到成為紙藝師的現在——不曾考慮過以全職的紙藝師生活。

我聳聳肩。

「所以，紙藝是妳最喜歡的事，但妳不願意讓紙藝成為妳生活的全部，更不願意讓它成為妳賴以為生的工具。」

「是的。」

「為什麼？」

「你不明白？」

「我不明白，一點也不明白。」

「因為，我只想快樂地做紙藝創作。能一邊摺紙，一邊哼著歌，一邊拿著刻刀，一邊聽著外頭的蟲鳴鳥叫。沒有截稿期，沒有客戶指手畫腳，只要我想，我可以摺紙到一半跑到水稻田裡，赤裸著雙腳玩樂。」

「這就是妳想要的生活？」

「對。」

月白爽快乾脆的答案，令我一時沉默。

她跟白宣截然不同，一點也不會因創作感到低潮、憂鬱、不開心。正確來說，月白從一開始就竭力避免這個狀況發生。

我、我……

如果這趟旅行學到了什麼，大概就是與月白現在的對話吧。

我納悶地問道：「但如果一個創作者，放棄了與痛苦並存，不想維持『快樂的同時又難過無比』的心態創作，真的能創造出好的作品嗎？」

能嗎？

我心裡不斷閃過白宣苦惱地抱頭思索、心煩氣躁地拿筆戳我、落寞地一個人走回家、在圖書館裡奮戰苦思的畫面。

歷歷在目。

工作室裡的空氣一凝。

水渠中灌溉用水流過的聲音，成了唯一的聲響。

月白淡淡地笑了。

如月一般白皙的臉蛋，頭一次露出了嚴肅的神情。

「柳透光，這個問題的答案，你得自己去找。」

她的手指，輕輕地點向玻璃窗面。

「因為我自己都還沒有找到吶，呵呵。」

玻璃倒映著月白的五官。那，並非歡樂的表情。

「我明白了。」

結束了在紙藝工作室的參觀。

臨走前，月白用牛皮紙袋裝了一隻她親手製作的白羊給我。手掌大小，有著一對銀色的角，十分討喜。

「這個送給你，祝你跟白宣的頻道順利發展下去。」

「好，謝謝妳！」

月白有些惋惜地說：「我妹妹應該還在外面寫生，她要是知道你來過，她剛好錯過的話，一定很難過。」

「放心，我明天也在這裡，畢竟我還想去明鏡湖跟更遠一點的鄉間小道走走。如果她回來了，可以讓她密我。」

「那就好，慢走。」

跟月白說歸說，其實我心裡認為，那個短髮的女生依然在水稻田旁的斜坡地上寫生。

我沿著舊路騎著腳踏車回去。

空氣好清新，水稻田特有的青泥氣息飄散在半空。

又是一聲春雷。

騎著車，幾分鐘後我回到了那條蕭條的小路上。

路旁的斜坡，往下走就是連綿的青草地與水稻田，一條水流清澈的水渠就在下方，漫生的野草地，通往彼方丘陵。

一身白衣的短髮女孩，果然還在那裡。

她曲腳坐在斜坡上，用以寫生的筆記本平放於大腿。

停好腳踏車，我信步走向她。

我在她身旁兩三步的距離，同樣坐在斜坡上，雙腿往前延伸。

女孩注意到我，她撥開垂落額前的過長瀏海，天真的雙眼看向我時，不敢相信地閉起，然後再次睜開。

我忍不住笑了，因她率真的反應。

「午安。」

「……是墨跡！你、你，你居然真的來了！」

「哈哈，我已經參觀完妳姐姐的紙藝工作室了，但是明鏡湖還沒有去。畢竟是妳傳照片給我看的，妳要跟我一起去看看嗎？」

「嗚，可是我還沒畫完。」

「沒事，我等妳。」

「好哦！」

女孩中氣十足地回應。

我一時愣住。她充滿元氣的模樣，好像除了白唯，我有很長一段時間沒在其他人身上看到了。

是不是只要長大到了一定程度，就會失去什麼呢？

我抿著唇，雙腿往前延伸，看著斜坡下的水渠。清澈的水流泠泠不絕，滋潤著附近廣大的農田。

「妳叫什麼名字？」

「月澄。」

「哇，妳跟妳姐姐的名字都好有文藝氣息。妳們的爸媽真會取名字。」我忍不住說道。

「哈哈，謝謝。」

月澄咧嘴一笑，注意力再次投入眼前的筆記本。

其實我很好奇她為什麼會坐在水渠上寫生，是個人興趣嗎？

想歸想，我沒有問。

月澄專心地拿著鉛筆素描，我也不好意思再打擾她。

十幾分鐘後，她終於畫到一個段落。

「嘿嘿，可以了。」她一臉陶醉地看著筆記本，輕巧地闔起，放入隨身的側背包中。

她拍拍我的肩膀，從草地上站起。

「墨跡，走吧，我帶你去看那座湖！」

「好，走吧。」

沿著往紙藝工作室的磚道前行，同樣的景色我再走過了一次。

月澄在靠近終點的花圃處向右一拐。

我們繞過了工作室，一小片草地映入眼中，接著穿越了一處稻梗低矮的農田。現在的我們在紙藝工作室的斜後方。

這裡別有洞天。

一座小湖出現眼前，湖面反射著周圍的大自然之景。山、水、田，一點也不複雜，十分純粹。

還有那棟融進了周圍景色的紙藝工作室。

月澄站在湖畔，一頭短黑髮，將她俐落率真的氣質徹底表現了出來。她雙手插進白色短衣的口袋，直勾勾地盯著湖。

「這裡就是明鏡湖。」她說。

明鏡湖就如同它的名字，平靜無波，忠實地映照出水面上的景色。天空、遠山、稻田，以湖面為界，呈現出完美的對稱。彷彿跨過那條線，就能踏入另一個世界。

放眼望去，遼闊的景色，讓心情也隨之放鬆了起來。

這時，月澄開口了。

「墨跡，我可以問你一個問題嗎？」

「好啊。」

「白宣是去哪裡了啊？」

「……我不知道耶。」

「你也不知道她現在在哪裡嗎？」

「真的不知道。」

「是喔。」月澄的腳尖輕輕踢了地面一下，「你和白宣很要好吧？她對你來說，應該很重要不是嗎？」

「當然。」

我點點頭。

白宣對我的重要性，從來都無庸置疑。

「那你怎麼沒去找她？」月澄轉頭看了看我。

「我已經找了，而且找了她一整個寒假。臺灣的東南西北，基本上我都跑過了一遍，包含外島。」

「咦？那都沒有找到她嗎？」

「說來話長……總之我有找到她，但是白宣心裡有一道坎，而那道坎我沒辦法幫她跨過，改變不了她的意志。所以，一切就是現在這個樣子。」

「白宣的煩惱，是不是和拍影片有關？」

月澄切入的角度十分精準。

我本來想立刻回應，但話語到嘴邊還是嚥了下來。

我與白宣發生過的事、白宣心中的迷茫，或許總有一天可以公開。

但現在就這樣告訴他人……真的好嗎？

我有所遲疑。

月澄伸出手，用指節敲了敲頭。

「抱歉，你不想說也沒關係。」

「我……」

「人家知道你會有顧慮啦。」月澄露出帶著歉意的笑容，「你和白宣的事，是私事，不想被外人知道很正常。你們的粉絲那麼多，要是事情傳出去，會很麻煩吧。只是我真的很喜歡你們的頻道，所以才不小心問太多了，你別介意。」

「嗯。」

「但是拜託了，繼續去找白宣，找到她，繼續拍影片！」月澄說得很直接，也有一點激動，但她完全不想克制，「這樣說或許有點自私，可是我真的很希望能看到你們的新影片早點出現。」

「不會。」

我發自內心地說。

這件事，從頭到尾就沒有誰是自私、誰是無私之分。

拋棄數十萬訂閱者，讓他們苦苦等待，卻連解釋都沒給一句的白宣，就不自私了嗎？

我繼續傾聽。

月澄的表情透著困惑與悲傷。

「我看得出來，白宣是真的很愛旅行，也很愛拍片。」

「對，旅行是她的最愛。」

「而你肯定也喜歡和白宣一起上山下海，你們才能合作那麼久。所以去找回白宣，繼續一起經營頻道吧！拜託了！」

聽到月澄最後近乎吶喊的請託，我心裡一直想向他人說明的衝動，再也無法壓抑。

只能把祕密收藏在心底，實在很不好受吶。

我嘆了口氣，說道：「白宣之所以一直沒有更新頻道，是因為她對自己感到迷茫了。」

「迷茫？」

「嗯，影片裡的她跟真實世界裡的她，是截然相反的人。白宣她對此一直很困惑。她的訂閱者，數十萬個粉絲，喜歡的是影片裡的那個人，而不是真實的她。」

包含我。

追逐夜星的白宣頻道裡的白宣，並非真的白宣。

在白宣的想法裡，我們都喜歡上了一個虛幻的假象。她厭惡這點，也可能很害怕，那些人可能都不喜歡真正的她。

月澄愣了一下。

「我可以問嗎？白宣她把自己在影片裡的形象，想成了什麼？」

「活潑外向、開朗樂觀，能跟當地居民輕易打成一片，快樂地到處旅行，永遠光彩耀人。」

「哼，那才不是白宣。」

「什麼？」

我面露納悶。

月澄皺起眉頭，露出認真的神情。

「我說，那才不是白宣。」

「為什麼？不然在妳眼中，白宣是什麼樣的形象？」

「在我眼裡，白宣從來都不是你剛剛說的，那個永遠活潑開朗的外向Youtuber，而是充滿矛盾又神祕、常常迷茫的女孩。」

怎、怎麼可能？

月澄的言語太具有衝擊力，我一時間根本無法接受。

從頭到尾，我與白宣的設想才是錯的嗎？

當局者迷？

我張大雙眼，嘴唇微張，想說點什麼反對，卻說不出隻字片語。我既看著月澄，也凝視著她身後倒映山水的明鏡湖。

月澄輕聲補了一句：「你看不出來嗎？正因白宣很矛盾，大家才深深著迷。」

「矛盾……是嗎？」

我忍不住微笑。

「我懂了。」

原來走遍臺灣，終點卻一直在自己腳下。

在白宣的粉絲眼中，影片裡的白宣從頭到尾就不是那麼陽光燦爛的人，只有我們這麼想而已。

月澄拿出手機，點開追逐夜星的白宣頻道。

她把螢幕給我看了一眼。

「你看，頻道的主視覺圖，是白宣一個人坐在沙岸上凝視著遠方。那個憂鬱的眼神，還有一個人獨坐沙岸上的樣子，怎麼看，都不像是個樂觀開朗的人吧。」

確實吶。

旁觀者的角度，遠比當事人來得客觀。

人的面向，不可能只有一面——我們的訂閱者，反而更清楚這點嗎？

我呼出一大口氣，算是宣洩了最近擱置心頭的壓力。

站在明鏡湖畔，感受著微風拂過水田、青山、水渠的氣息。

「月澄，謝謝妳，我好像有點眉目知道要怎麼說服她了。」

「你會再去找她嗎？」

「當然。」

我堅定地說。

這一趟拜訪紙藝工作室與明鏡湖的旅程，我有來真是太好了。

CHAPTER 3

春櫻

從新竹的小鎮回到臺北，時間是週日下午。

悠閒的週末午後。

為了讓生活的步調有點餘裕，想輕鬆地生活，我刻意提早回家。先是好好洗了一個溫水澡，煮了一杯熱咖啡後，我跳上了房間裡的懶骨頭。

那是一張會讓人變得完全不想移動的沙發。

我用手機點開 **Youtube**，右方的推薦欄位又出現了「松木上的小青藤」頻道推薦的影片節目。

他們兩人首次直播是在今天晚上，到時候一定很熱鬧。

小青藤本身的訂閱數就很高了，王松竹累積的粉絲也很多，而且人脈更廣，也很有音樂造詣。

兩人合作，肯定會有很好的作品誕生。

「嗯……」

躺在懶骨頭沙發上的我，隨手讓手機滑下地面。

無所謂。

我有點想跟他們兩人說一下在小鎮遇到的事，尤其是白宣的粉絲眼裡，白宣竟然完全不是樂觀開朗、燦爛活潑的人。

若是如此，白宣的憂鬱與自我質疑，不就是鑽牛角尖而已嗎？

人不可能只有一個面向，多數人都有很多面向。

手機傳來聲響，我懶得將它撿起，只是轉頭看了一眼。

是白唯傳來的訊息。

「柳透光，下個星期五，我跟張新御要去拍攝櫻花隧道喔！」

這是在問我要不要去的意思嗎？

我思忖著，並未已讀。

「看到了記得早點回覆，別再優柔寡斷了。你不用思考來不來，我叫你來，你來就對了，懂嗎？地點到時候再跟你說。」

白唯依然如此任性。

我把手機轉了面，覆上螢幕。

我怎麼可能說去就去？

是當我現在不用追尋白宣，很閒嗎？

想了想，我嘆了口氣，拿起手機走回桌前。我想起來了，我個人的 Youtube

頻道還沒正式開始。

主視覺圖、頻道名稱，這些東西都要思考怎麼生出來，還有第一支影片——去紙藝工作室的影片。

白宣不在了，這些東西我都要一個人主導。

想名字跟主視覺倒不是那麼急的事，我把相機裡的素材導進電腦，進行初步的篩選。

等篩選完了，我還要寫腳本。

想起那個民風樸實的小鎮、傳承百年風華的老街、不時響起的春雷，還有那間坐落湖畔的紙藝工作室。

春雷驚蟄。

青秧如雨。

「這就是第一支影片的文案了。」

一如過往的流程，我開始了熟悉的影片製作。

工作的時間過得很快，尤其是專心時。

篩選素材，思考腳本到九點，我才從小鎮的旅行中抽身。今天的工作差不多要收尾了，明天還要上課。

我將檔案儲存，帶著喝完的空咖啡杯回到客廳。

客廳裡，姐姐慵懶地橫躺在長沙發上，單手支著上半身，看著相簿。一雙長腿上覆蓋著薄薄被子。

她似乎剛洗完澡，頭髮微微濕漉，可能只用毛巾擦了一下。

我洗完杯子後，湊了過去。

姐姐看得入迷，沒有注意到我的靠近。直到我的膝蓋碰到了茶桌，姐姐才恍然發現我在她身邊。

「咦？你回來了啊？」

「嗯，下午剛回來的。沒想到妳看得這麼專心。」

「春雨好穿嗎？」

「很好穿。很軟，很舒服。」

「那就好。」

姐姐坐起上半身，一雙腿隨意在身前盤著，裹著薄被讓她看起來像是一顆糰子。她闔上相簿。

我瞥到了一眼，照片裡的似乎是年幼的我。我站在一座視野開闊的觀景臺上，身邊有一個女孩子。

大概是姐姐吧。

我不由得一笑，在旁邊的沙發坐下。

「姐姐，妳剛才在看的那張照片是在哪裡?面對海景，視野那麼遼闊的觀景臺全臺灣沒有幾個呢。」

「在東部喔。」

姐姐顯然不想直接告訴我，像是測試我一般提供了小線索。

這點線索，對我而言足夠了。

臺灣東部。

看向海岸線時，中間有一道茂密的原始森林，木造的觀景臺。

我想了想，「南田觀景臺？」

「哇，這樣都能猜到！」

「我跟白宣走遍全臺，對各地的風景都很熟了。即使沒有去過的地方，只要有名或是有特色，我大概也都知道。」

「嗯嗯。」

姐姐拿起身前的茶杯喝了一口，把手上的相簿放到桌上。

我好奇地問道：「剛剛那張照片裡，我旁邊的人是姐姐對吧？所以，我們小時候就一起去過南田觀景臺了！好棒，是家庭旅行嗎？爸爸媽媽帶我們一起去的嗎？不過可能是因為我當時太小了，完全沒有印象。」

「不只我們家，一起出遊的還有不少附近鄰居，那時候你還很小。」

「喔喔……」

「搞不好，你喜歡旅行的因子就是那時候埋下來的。」姐姐用手指順了順耳邊的髮絲。

「我真的都忘了呢。」

記憶一旦遺忘，通常再也找不回來了。

我試圖從腦海裡挖掘出與南田景觀臺相關的片段畫面，但根本回想不起來。那段回憶，恐怕都隔了超過十年了吧。

一段時間過去。

客廳裡陷入靜謐的氣氛。

姐姐整個人靠進沙發椅背，進入了放鬆的狀態。

「晚安。」

我小聲地說，轉身離開客廳。

明天還要上學吶。

喔，不行，在那之前還得先去看看小青藤和王松竹的第一次直播，他們一定會唱歌，等聽完再睡吧。

三月，臺灣各地開始有櫻花盛開。

開始有其他做旅遊、生活玩樂的 Youtuber 拍起櫻花季的影片。原本，我和白宣也有這個計畫。

但她消失了，離開了。

距離開學已經過了快一個月，我漸漸習慣沒有白宣的校園生活。

不用拍片的生活，很清閒。

水昆高中的社團風氣盛行，校方提倡讓學生透過社團找到自己的興趣。猶豫了好一陣子，我還是沒有加入社團，但常常跟朋友們到處看看。

很多同學，都在不同的領域裡活躍著。

一人，一把吉他，獨坐團練室。

夕陽西下，餘暉照映，迷倒了一整班的女孩子。

又或者是在豔陽照耀下，在操場飛奔的同學。

他們競爭的對手是自己，投入無數時間，只為了換取零點零幾秒的進步。

這些人，我都很佩服。

不少人知道我有在經營頻道，製作影片，也有想當 **Youtuber**，或是想做影音剪輯創作的同學，跑來問我問題。

只要我有空，心情又不錯的話，多少都會回答一點。

鄰近週末的社團課，有兩節課的自由時間。

暖春，午後煦陽投下了暖和的光芒。

我一個人剛從電影研究社走出來，裡面正反兩派影評正戰得不可開交。我靠著教室外面的欄杆，凝視著偌大的操場青草地。

水昆高中裡的櫻花數量不多，但也盛開了。

脫離白宣的墨跡，在春天也即將揮灑自己的色彩。

「春墨。」

靈光一閃的頻道名，我發自內心覺得取得真美，就決定用它了。

今天放學，我還要去離水昆高中有一段路程的北投，跟白唯和張新御碰面，他們要在那裡攝影。

白唯已經徹底愛上了攝影。

「北投啊。」

鐘聲響起，放學了，我走回教室。

整個北投近幾年除了推廣溫泉文化，日式懷舊街道也是在發展的特色之一。北投，櫻花隧道。

那裡有頗負盛名的夜櫻，吸引無數攝影師前去。

我回到教室，背起書包，習慣地往白宣的位置看去一眼。以前也都是我提醒她放學了，要走囉。

現在，那裡空無一人，只有透出微弱陽光的窗簾隨風輕飄。

我微微搖頭，走出教室。

白唯的訊息這時傳來了。

「柳透光，你出發了嗎？我跟張新御會先去捷運站附近的復興公園日式泡腳池喔，我們先在那裡集合吧。」

我停在門口幾秒，簡單地回了一個點頭貓頭鷹的貼圖。

張新御是閒閒沒事的大學生就算了，白唯不是住宿生嗎，怎麼今天這麼快就回到臺北？她週五請假了？

水昆高中附近交通便利，去那裡不用多久。

我跟著放學的人群走向捷運站，往北投出發。

但接近傍晚還是會有點冷，我在白色制服外，套上了一件黑色套頭毛衣。

我沒有去過北投的櫻花隧道，但印象中那裡似乎是往山上前進的路，大概會有點冷。

春天了。

三月初春。

臺灣多數的櫻花在三月天盛放，是最美的花期。

坐在車廂內，我拿著手機，百般無聊地瀏覽網頁，直到看見了「松木的小青藤」頻道昨天第一次的線上 feat 演出。

昨天我聽完他們唱的歌，才緩緩睡去。

「哇，扯耶。」

我忍不住小聲驚嘆。

昨天的影片觀看數已經突破二十萬了，按讚數也非常高。

追蹤他們兩人很久的粉絲，看到他們兩人合作，而且簡直一如天作之合般搭配，一定都很感動吧。

任誰看到，都會說他們真的很配。

雖然兩人之間，在過去到底發生了什麼，一般粉絲可能不知道，但小青藤跟王松竹的關係很好，這大家本來就很清楚。

從昨天開始，他們正式變成了兩人組。

多數人的留言都是，被小青藤的嗓音給收服了。而王松竹的伴奏，讓小青藤清冷如雨的聲音，更加柔和、更加細緻。

本來，她的清冷永遠透露出孤獨。

如今，他的伴奏讓細雨不再冰冷。

我用手揉揉眼睛，看著螢幕上快樂地唱歌的小青藤，還有帶著微笑，以無比溫暖的眼神看著她的王松竹。

為小青藤伴奏。

連一個音符的時間，王松竹也不願意讓她孤單。

我意識到自己的心裡正變得柔軟。

或許是因為太過熟悉他們兩人，看到如今的他們，內心深處的某種情感，被重重地撥動了。

影片的結尾，小青藤與王松竹收拾樂器，相視而笑。

目的地到了。

我快步走出捷運站，往復興公園的方向走去。

仰頭一望，生長多年、枝繁葉茂的老樹占據了一半的視野。

空氣中流淌著慢活氣氛的復興公園裡，有一間主打懷舊意象的溫泉泡腳池小屋。

小屋是木造日式建築，採用開放式的設計，坐在裡面泡腳，還是能看得見外面的街道。

我駐足在泡腳池入口的告示牌。

「青磺？」

裡頭的溫泉來自地熱谷全脈，泉水透明帶了點青色，又稱為青磺。

白唯說約在溫泉泡腳池見，是想先聚聚，再徒步前往附近的櫻花隧道吧？

白唯人呢？

她應該會比我早到啊。

我觀察了一下泡腳池裡的人們，多數都是正三五成群、熱絡聊天的老年人。遠方的小池子，有一男一女並肩坐在那裡。

女孩穿著白色短袖襯衫，搭配經典的水洗天藍色牛仔短褲。一雙光滑的長腿，膝蓋以下正泡在溫泉裡。

栗色的長髮綁成馬尾，她身子微微向後仰，雙手撐住地面。

看也知道是白唯。

我往他們走去，沒有打招呼，而是自然而然地脫下鞋子、洗完腳，在他們附近坐下。

近距離一看，這座溫泉泡腳池的泉水和告示牌說的一樣，泛著微藍。泡起來腳還有種滑滑的觸感。

迎著春風，在充滿悠閒氣息的公園裡，真的很愜意。

「咦？」

狐狸一向比較敏銳。

我坐下來沒有多久，白唯就發現我了。

她的頭往左一撇，盯著我看。

「柳透光，來了不會說喔！」

「反正妳會看到啊。」

我笑著打哈哈過去。

相比白唯，張新御就沒有注意到我了。

「你好，好久不見。」

「是啊。」

在臺中高美濕地第一次遇到張新御時，他看起來一副睡眠不足的樣子。那時的他，似乎被重重壓力影響，有些陰鬱，不太健康。

現在的他氣色好多了。

微風拂過，幾片落葉隨風飄落。

白唯整理著被風吹亂的頭髮，和張新御有一搭沒一搭地聊天。內容並不重要，重要的是，他們都露出了燦爛的笑容。

真好。

他們兩人都是去復興路的櫻花隧道攝影，單眼相機正放在一旁。白唯換了一臺單眼相機，是新手入門款。

等到白唯綁完頭髮，我問道：「你們兩個，是打算拍櫻花隧道的夜景嗎？」

「耶？你居然知道櫻花隧道可以晚上去！」

「拜託，我跟白宣本來就有打算拍攝臺灣的櫻花好嗎？」我白了她一眼，「起碼北臺灣的櫻花資料跟攝影照片，我都看過一輪了。更何況，北投復興路的櫻花隧道，晚上會點起夜燈，很有名。」

白唯發出喔喔喔的長音。

張新御點點頭說：「對，這裡的夜櫻在攝影圈相當知名，很多人都會帶設備來這裡拍照。」

「晚上人會滿多的。」

「哈哈，所以我們來提早來，順便泡個腳。不只是夜櫻，我也想帶白唯拍攝春天的櫻花。」

「嗯，櫻花隧道的櫻花是？」

「臺灣山櫻。」

「喔，它有個更美的名字——緋寒櫻。」

緋寒櫻是最早開花的櫻花之一，在冷天開花，才有緋寒的別名。

外表特徵鮮明，緋紅色的花朵，像是往下垂吊的桃紅色吊鐘。

山櫻盛開時，點點櫻花布滿枝頭。花朵顏色明亮，與深色的櫻花枝幹，呈現強烈的對比。

我拿出手機確認時間，五點多了。

「從這裡過去要一段時間，如果要拍白天的山櫻，現在差不多該出發了。」

「嗯。」張新御應聲而起。

白唯愣了幾秒，視線不知為何停在我身上。

「柳透光。」

「嗯。」

「姐姐不在這裡，但你剛剛做的事，好像姐姐。」白唯說完，立刻像是想忘記這段話似地站起身，慌忙地拿起地上的包包。

她說話的聲音很輕，也很小聲。

但我都聽到了。

或許吧，我聳聳肩，也從溫泉泡腳池裡離開。膝蓋以下浸水的部位，被風吹拂著，好冷。

其實我自己也有意識到。

白宣不在了，但她在一起時，她做過的事所帶給我的影響，至今仍理所當然地改變著我。我懂了好多關於旅行的知識，也能帶領大家踏上旅程。

以前走在我身前的背影，如今不見了，但我仍然繼續前進。

我們走出復興公園，張新御和白唯走在前頭。

我默默地跟在他們身後，往復興三路走去。

北投這幾年大力推動觀光，路上很多觀光客。

道路兩旁的樹叢、花圃，可能是季節與天氣的關係，給我一種略顯蕭條的感受。走了一陣子，離開了鬧區範圍，進入上坡。

這裡開始就是復興三路了。

位於大屯山火山群邊緣地帶，這條路通往山區。

淺綠的植被、深綠色的樹林，遍布在道路兩旁與視線遠方。

「繼續往前走，就會走到櫻花隧道了。」

張新御慢下腳步。

白唯跟著他的動作，並回頭問我說：「柳透光，今天你有要拍影片嗎？」

「為什麼這麼問？」

「我在想，你也要開始拍自己的影片了吧？」

我一時無語。

稍有猶豫，立刻被直覺敏銳的白唯猜到了。她眼珠骨碌碌地轉動，轉過身湊到我身邊，由下往上看著我。

「吶，你終於要開始當一個真正的 Youtuber 了嗎？」

「好吧，被妳猜中了。」

「我們現在要去櫻花隧道耶，今天的旅程你要當作第一支影片嗎？」白唯好奇地問。

「不是，第一支影片我已經拍完了。」

「喔喔喔！」

白唯露出笑容，用力地拍了拍我的肩膀。

第一支影片早就拍完了，意思是，我早已獨自為了當一個 Youtuber 而踏上旅程。不再為了追尋白宣，也不是為了任何人。

白唯顯然知道，但她沒有說破。

一如既往，她是很善解人意的人，非常體貼。

「柳透光，你的頻道名稱想好了嗎？」

「春墨。」

「墨跡的墨？」

「是啊。」

「哈哈哈哈哈哈哈哈，很好啊，很符合你給人的感覺。取一個很好聽、很假掰的名字，看起來很有意境，哈哈哈哈。」

白唯發出大笑。

「拜託，這個名字很好聽好嗎！墨跡，從春天開始揮灑自己的顏色。簡稱，春墨，是有意義的。」

我如此說道，但白唯已經笑開懷了。

她還是太幼稚了，無法理解春墨一詞的美。

我們轉過最後一個轉角，傳說中的櫻花隧道，在我們眼前筆直展開。

緋紅色，就此蔓延。

道路兩旁，各有一排向遠方綿延生長的櫻花樹。樹的前方是蓋上水溝蓋的流水渠道。供人行走的木棧道位於櫻花樹後方，走在上面能以不同的角度欣賞櫻花。

這裡已經算是山區了。

山林與小草的各式綠色，為緋紅色的山櫻做了最好背景。

我睜大了眼睛。

幸好，今天有來這裡。

「哇，現在是怎麼回事？人很少耶！」

白唯往前跑到一棵山櫻之下，抬頭仰望著。

「可能是還沒到晚上，加上臺灣山櫻的全盛花期過了，大家就都去了其他地點。」

「對啊，三月分是其他種櫻花的花季，賞櫻客跟攝影師可能都去其他地方追櫻花了，像是去陽明山或武陵農場。」

「我先拍個照。」

張新御很驚訝。

他捧起胸前的單眼相機，確認了一下路況後，走到路的中央，快速地在那裡拍了一張以櫻花隧道道路中心，望向遠方的照片。

這樣拍，臺灣山櫻夾道而立的感覺最為濃厚。

經過適當後製處理，甚至可以做出道路兩旁的櫻花樹枝枒交錯，儼然變成一條真正隧道的視覺效果。

白唯在山櫻下舉起相機，抬頭對著花瓣按下快門。

緋紅色的花瓣飄落。

最後停留在白唯頭頂上。

這條路上鮮少人煙，我吸了一下鼻子，櫻花樹下的白唯，令我想起當初在水昆高中拍攝櫻花的白宣。

我走向櫻花樹後方的木棧道，打算在木棧道眺望緋寒櫻。

木棧道離道路更遠了一點，也更親近翠綠色的山林。

「白唯，張新御，你們先拍，我去繞棧道一圈，晚點回來。」

「好喔！」

揮揮手，我一個人往前走去。

木棧道很長，一路上美景無數，我拿出手機拍照了好幾次。

如果以後再也沒有機會跟白宣一起拍影片，或許我可以自己完成櫻花特輯。

春林初盛。

木棧道旁生長得太過突出的枝葉，不時會掠過我的手。枝葉觸碰身子的感覺很舒服。

這裡的空氣十分清新，漫步其中，彷彿時間都變慢了。

不疾不徐，無須思考、無須掛懷什麼，我就這樣慢慢沿著木棧道前進。到了棧道盡頭，我走到馬路上沿著邊緣再緩緩走回來。

天色變暗，氣溫也愈來愈涼。

夜幕降臨。

夜櫻還未盛開。

所謂夜櫻，是指當晚上到來，櫻花樹前方的小型映照燈打開，向上投射出紫與桃紅色的兩種燈光，將原先的緋寒櫻，染上不同的色彩。

到時，櫻花隧道搖身一變，就成了夜櫻隧道。

快走到出口時，正在路旁休息的白唯，還有持續攝影的張新御，再次進入視線。

張新御正拍著在水溝上堆積的櫻花瓣。

「咦？」

「妳不要一看到我就咦個沒完。」

「好啦。」白唯敷衍了一句，「我們正在等開燈的時間，好像不是天黑就馬上開燈，要再更晚一點。」

「果然晚上的人更多啊。」

我望著漸漸聚集起來的人群。

開車來的通常會把車停到更遠的位置，但有些人直接把機車停在路邊，影響了櫻花隧道的美感。

白唯似乎沒有攝影的欲望，下午的櫻花她大概拍夠了。

「喂，柳透光。」

「嗯。」

「你過得還好嗎？」

「還可以吧。」

我笑著說，同時不露痕跡地觀察白唯的表情。

她低垂著頭，在她腳尖前，有一朵飄落的山櫻。

「你已經習慣沒有姐姐的日子了嗎？」

「習慣了。」

「上學呢？也不會很傷心了吧？」

「不會。跟其他人一起玩也不錯啊，本來就不應該都只跟一個人在一起。」

「是喔。你為什麼突然想開頻道當 Youtuber？」

「因為旅行、拍影片，也都是我喜歡做的事——或許沒有像白宣那麼喜歡，將它當成自己一定要完成的夢想。」我頓了頓，「我喜歡旅行，喜歡探訪平常看不到的美景、美的人事物，喜歡與大家分享自己在旅行中的感觸。不是只有Youtuber才能做這些事，只是做這些事，剛好能成為一個Youtuber，所以我就去做而已。」

「這樣啊……」

白唯吸了一口氣，抬起頭。

不遠處的張新御結束了攝影，往我們走了過來。

白唯側過頭，馬尾輕晃，兩頰的栗色髮絲隨著微風輕揚，遮蔽了她半邊臉龐。

她的身上，也多了一件灰色長袖襯衫。

「現在的你即使停留在原地，也可以開心地生活了吧？」

「算是吧。」

「那麼，你什麼時候要再出發去找姐姐？去說服她，帶領她走出迷途呢？」

「我連她在哪都不知道。」

「藉口。」白唯哼了一聲，「不知道她在哪，但一定有方法可以逼她來找你。」

天色灰暗，氣氛寂寥。

我盯著白唯倔強的表情，嘆了一口氣。

「其實我已經有點想法了，但我還在想另外一個問題。沒錯，我能再次把白宣找出來，但那之後呢？」

「唔……」

「妳忘記在心向樓的事了嗎？」

我閉起眼睛，那段記憶至今在我心中仍有痕跡。

吶，透光兒，你在這裡擋住我是沒有用的。你跟我，都沒有辦法面對我們的迷茫。

「白唯，現在就算我找到她，將她牢牢抓住，但只要我說服不了她，一切都沒有意義。所以，我還需要再一段時間，好好想想。」

緋寒櫻的花瓣不時隨著春風飄落，張新御回到我們旁邊，他有些不知所措，只能默默站到白唯身後。

「好吧。」

白唯點點頭，似乎想給我一些建議，但一時間也想不到什麼好辦法。幾秒過後，她伸手輕輕地戳了戳我的肩膀。

「柳透光，加油，我們一定要把姐姐找回來。」

「當然。」

我堅定地對白唯說道。

等到我能一個人找到自己想走的方向，絕無迷茫時，肯定就能從迷霧之中帶回白宣了。

不管霧有多濃，路有多險。

「等等，我一直很好奇到底發生了什麼？」張新御插口道：「聽你們說的情況，你們應該已經找到白宣，跟她說過話了吧？」

「對。」

我順口回答，跟白唯快速地交換了眼神。

可以吧？

白唯想也沒想，點頭道：「嗯，沒關係，我相信他。只是，張新御，你聽了之後絕對不能跟其他人說喔。」

「明白。」

張新御在寒假的旅途最一開始，曾經號召粉絲一起尋找白宣。

後來，在金黃風鈴木盛開的街道上，我們湊巧相遇。他解釋了為什麼想找出白宣，因為他也遇到了越不過的迷茫。他相信白宣或許和自己一樣。

再接下來，就到了三月天。

因為一起攝影，他和白唯成了很要好的朋友。

我開始說明。

「高二上學期的休業式那天，白宣消失了。整個寒假，我都在臺灣各地尋找她，依靠她留下來的線索。」

王松竹、小青藤、白唯、吳疏影，也跟我一起尋找白宣。

而她消失的理由，有一部分是因為不快樂了。成名之後帶來的限制，還有拍片素材的選擇等壓力，讓她深深陷入了迷茫。

「白宣覺得螢幕前後的自己是不同人，而五十萬粉絲喜歡的都是螢幕前的她。那個人，不是真正的她。」

張新御靜靜聽我說著，顯然正在思考。

「白宣曾經問過我，在我最難過、最脆弱時會想起誰？第一時間想起來的人，就是一個人最依賴、最喜歡的人。我那時候回答，是會上山下海抓螃蟹、釣魚，在野溪裡抓蝦、在深山中採集野菜，跟居民們融洽相處，永遠光彩耀人、開朗活潑的白宣。也就是 **Youtuber**——追逐夜星的白宣。白宣無法接受我的回答。在她看來，我喜歡的人根本不是真正的她。」

這一整段話，也好久沒有清楚說出來了。

再次說出口，反而鬆了口氣。

不知不覺，天色非常暗了，僅有零星的蒼白路燈提供光源。感覺，點亮臺灣山櫻的燈光隨時都會開啟。

白唯清澈的雙眼隱藏在瀏海之下。

「所以，白宣就是在煩惱這個嗎？」張新御確認道。

「對，她一直執著這件事。」

時間彷若靜止。

張新御皺起眉頭，說道：「其實，白宣的鐵粉，或者追蹤她夠久的粉絲，早就知道白宣私底下應該是個內斂沉靜的人。」

「咦？真的嗎！」

白唯一臉詫異。

因為之前和月澄見過一面，對於張新御說的話我沒有那麼訝異，但也沒想到，竟然有這麼多人，都發現了白宣螢幕前後有著不同面貌。

張新御也一臉意外。

「結果你們都沒有意識到嗎？」

張新御點開手機裡的通訊軟體，給我們看了幾條粉絲的留言。

「你們看這上面的討論。有些人在某些景點遇過野生的白宣，就連他們，也感覺得出來白宣跟在影片裡的她不一樣。」

憂鬱、迷茫、空靈。

這些特質，跟影片中總是活潑開朗的白宣確實相距甚遠。

「白唯，柳透光，其實我之所以這麼說還有一個原因。白宣最早是一個人拍影片的，一年多前柳透光你才加入。那時候她的頻道可能已經有十幾萬人訂閱了吧，我也不確定。」

張新御毫無遲疑地說道：「早期白宣做祕境探險、野外料理的影片，偶爾還會流露出孤獨的影子。沒有刻意做效果，但也沒有把寂寞隱藏起來，就那樣自然而然地流露著真實的情緒。」

「你是說，一個人走進山林的孤單感嗎？」我忍不住提問。

「那是一部分而已。那時的白宣不會隱藏背後的憂鬱，拍出來的影片，常常散發出一股孤獨悠然的感覺。雖然微小，但確實存在。」

「原來還有這段過往……」

當時的我，甚至還不認識白宣吶。

也沒有看過她的影片。

「後來白宣小有名氣，早期的影片很多都設成隱藏了，可能是她不滿意成品吧。不過我剛剛說的事，老觀眾肯定都還有印象。」

張新御收起手機，醞釀了片刻情緒。

「以我個人而言，其實很懷念當時的影片。現在的影片也很好，只是我更希望白宣能展現出她真正的心情。那樣時而開心，時而憂鬱，充滿了矛盾美的她，正是讓我決定訂閱頻道的原因。」

最後，猶似總結的那句話，讓我想起了月澄給我的回答。

——正因白宣很矛盾，大家才深深著迷。

這句話，一定也能打動白宣吧。

我深深地吸了一口氣。腦子有些混亂，還需要一段時間整理。

要不是今天有跟張新御深談，我跟白唯，或許要過很久很久，才能發現這件事吧。

近乎盲點。

心中終於卸去了重壓，忽然放鬆了，一直以來我們糾結的點，再深入想想，肯定就能越過去了。

或許活潑開朗的白宣很討喜，然而也有觀眾，發自內心喜歡著那個擁有迷茫氣質的白宣。

我不由得靠到了山櫻樹幹上。

吶，白宣，妳要是聽到這句話會有什麼感想？

會不會就這樣走出迷途呢？

「白唯，我好像知道該跟妳姐姐說什麼了。」

白唯吃吃笑著。

「我也是。」

「那問題就只剩下一個了，再次找到妳姐姐，告訴她這件事，逼她面對。」

「我們要怎麼讓她出現呢？」

白唯眨眨眼，期待地望著我。

「這個要想一下。」

這時，附近的人群傳來竊竊私語。

張新御發現有些人注意到白唯，刻意站到了她身邊，擋住別人的視線。

現在白唯沒有戴上狐狸面具，恰好被認出來，也是難免的事。畢竟會來這裡探索美景的人，和白宣的觀眾，有很高的機率重疊。

被誤認成彼此，大概是雙胞胎最常見的困擾。

登愣，靈光一閃。

「我想到了！白唯，如果妳跟我一起做這件事，白宣一定會主動來找我們，到時候我們就可以跟她面對面說話了。」

「什麼事？」

我正想回答，卻被吵雜聲阻斷。

人群驚呼，奪去了我們的注意力與視線。

光線投射而來。

光影流轉而至。

先是桃紅色的燈光由地面往半空照映，色彩非常搭配的桃紅色光輝點亮了櫻花隧道。緋寒櫻本身的色澤，染上了桃紅色更添魅力。

夜幕之中，所有人都為了此景驚嘆。

春夜，夜櫻綻放。

「之後再說吧，反正有方法了，我們先去攝影！」

白唯的心情變好了。

表裡如一到令人稱羨的她，興致高昂地拉著張新御，一起奔向櫻花樹。每一棵樹下幾乎都有一盞色燈，整條路的左右兩側點起光輝，連綿直至盡頭。

我凝視著夜櫻隧道。

這段時間，我一直是一個人。

但一個人，也累積了寶貴的回憶。

也好久沒有這樣的感受了。

夜燈持續照映，明亮的桃紅色漸弱，換成了魔幻的紫色夜燈，兩種顏色交錯的時刻在緋寒櫻染出了漸層。

我用雙眼，徹底記住了眼前光景。

「好漂亮。」

北投，復興路。

夜櫻隧道。

夜櫻綻放有時間的限制，畢竟不能破壞當地的自然環境。

時間到之前，白唯與張新御也攝影完了。我們三個人在木棧道上較為空曠的地方，欣賞著夜櫻隧道。

我們不再聊著關於尋找白宣的話題，而是隨性地聊著生活瑣事。

張新御在大學參加了攝影社團，但本來在業餘圈好像就小有知名度的他，很少去社團教室。

他喜歡攝影，也喜歡帶著白唯到處玩。

我原先以為白唯對攝影只是抱持著玩玩的心態而已，但想不到，從他們的對話深度來看，白唯已經不是一個攝影菜鳥，而且她是真的喜歡攝影。

或許白家姐妹都有喜愛到處欣賞美景的基因。

張新御額前略長的瀏海稍稍遮掩了他的眼眸。他的髮型與之前一般，兩側削平，唯有額前的瀏海率性地放任生長。

「時間有點晚了，雖然今天是週五，但還是盡量早點回家吧。你們幾點要走？」

白唯後知後覺地拿出手機看了看時間。

「喔，我差不多了。」

我也跟著點點頭。

「那我們一起走去捷運站吧，回家了。」張新御邁開腳步。

白唯自然而然地走在他身邊。

我一個人跟在他們後面，沿著下坡緩緩走回捷運站。

「下次見，張新御。」

「再見。」他溫和有禮地回道。

「今天真的很謝謝你跟我們說你對白宣的看法，等我再一次找到白宣，帶她走出迷途之後，我會幫你約約看她的，謝啦。」

我做出承諾。

張新御咧嘴微笑，揮了揮手，轉身離開。

我家跟白唯家在附近，張新御就完全是反方向了。在捷運站裡，我們分成兩邊搭上不同的列車，各自踏上回程。

再次走出捷運站時，白唯看起來非常疲憊。

精力旺盛的野生動物也是會累的吶。

我看著她，她那件灰色的長袖襯衫依然披在身上。

「妳還行嗎？哈哈，算了，這樣問妳一定會說還行。」

「你又知道了？」

「不是完全懂，但懂八成的妳，不是問題。我送妳回去吧，反正我們家離得不遠。」

我說得很輕快，宛若理所當然。

不打算讓她拒絕。

白唯望了我一眼，疲累的她似乎懶得回嘴，只是點了點頭。

我們往住宅區走去。

夜色籠罩街道，只有暖橘色的路燈，亮起星星點點的光芒。

我們穿過了空空蕩蕩的公園遊樂設施，看見了慢跑的夜跑族，比較早結束營業的商店紛紛拉上了鐵捲門。

再走了一會兒，我們來到了住宅區外工整乾淨的人行道。

道路兩旁，路樹低垂著枝枒。

看她疲倦的樣子，今天鐵定很早就離開學校了，玩得太瘋才會這麼累。

「啊！」

白唯小聲地叫了一聲，整個人往前撲倒。

唉，難道我抓著她走比較好嗎？我走近一看，發現路上有一片小小的水窪。

白唯穿著板鞋，可能是因為鞋子抓地力不夠，她又沒注意地面，才會在這裡滑倒。

我伸出手，一手搭腰，一手扶住手臂，將白唯扶了起來。

「唔，我居然會在路上滑倒。」

「妳真的很累吧。」

「是啊。」

「快到妳家了，再撐一下。」

「我家就在前面了，我自己走回去吧，你送到這裡就好。拜拜。」白唯笑著對我說，留下我一個人往前走。

我繼續停留在水窪旁邊，雙眼直直地盯著路面。

「奇怪？」

我以前好像也扶過她。

不可能啊，我跟白唯在寒假以前並不認識，只在白宣口裡聽過她有個妹妹而已。

那麼，會是白宣嗎？

此情此景為什麼好熟悉？

我有印象，確實有印象。

就像是即將想起什麼似地，我杵在原地思忖。

這段記憶，這幅畫面……

或許相隔太多年了，記憶有點模糊，但是那種熟悉感，絕對不是我的錯覺。

印象中，我也曾經對一模一樣的女孩子，做過一模一樣的事。

扶起跌落在水窪裡的小女孩。

白宣……

對，是白宣！

但、但，腦海深處的記憶裡，我那時還很小很小。再仔細回想一下畫面，扶起來的女孩子也很小很小。

漂亮的臉蛋、柔順長髮、獨一無二的空靈氣質。

是小白宣！

更清晰的畫面與資訊漸漸出現，先是地點，再來是時間，最後那趟旅行的故事，我統統回想了起來。

小白宣的身影在我的心裡深處乍現。

我掩住雙眼，胸口開始起伏，無法抑止的情感像是海嘯一般襲來，輕易地擊潰了我的心防。

幸好，這條路沒有人經過。

「我、我小時候，就認識白宣了。」

居然。

這段回憶，曾經無比深刻、銘刻在心的感情，強烈地撼動著我。

——我拔足狂奔。

既然是以前發生的事，那一定有東西留下。

我衝回家裡，不顧身上煩人的黏膩，立刻著手找尋證據。記憶可能有偏差，但證據不會，還能召喚出更多的細節。

如果我的記憶沒錯，那是在臺東的事。

是某次旅行。

我在客廳找到了正在翻書的姐姐。

穿著輕便居家服的她，在腿上蓋了一條薄被。她看見我，納悶地問：「怎麼了？」

我筆直走到她跟前。

「姐姐，我剛剛送白唯回家時，想到了一件以前的事。」

「嗯？」姐姐想了想，過了幾秒後，她溫和一笑，眼眸裡透露出懷念的溫柔神色，「白唯，是白宣的妹妹吧。」

「對，雙胞胎。」

「你想問什麼？」

「我們跟白宣家那麼近，雙方父母好像也認識對方。」我切入正題，「在我很小的時候，是不是就認識白宣，或者是跟她一起去旅行過了？」

姐姐沒有讓我等太久，乾脆地點點頭。

「很小的時候，我們兩家曾經相約一起去東部玩，好像是夏天。我不知道你有沒有那時候的記憶，因為那時的你們還很小。」

「所以，我真的早就認識白宣了？」

「對。」姐姐優雅輕柔地闔上書本，把薄被放到一旁，站了起來，「跟我來吧。」

我跟著姐姐走向二樓。

二樓有一間空房間，平常沒有人在使用，因此被當作了堆放雜物的小倉庫。

姐姐停留在門邊，只是幫我打開了門。

「你小時候留下的日記、塗鴉本、聯絡簿、紀念冊啊之類的東西，都在這裡了。你可以找找看，應該找得到。」

我獨自走進了小倉庫。

木架與書櫃靠牆而立，房間中央堆了好多大紙箱。這裡散發著老舊書冊的香氣，到處都積滿了灰塵。

我翻找著屬於自己的兒時記憶。

找了好一陣子，終於在大紙箱裡找到了。

我打開了小學左右留下的塗鴉本，輕輕摸著還小的我用蠟筆、鉛筆，在塗鴉本封面上寫下的字。

手上的塗鴉本在時光長河間塵封已久，久到我早已徹底忘記它的存在。手指輕輕地劃過，紙張纖維偏硬的觸感摩擦著手指。

不知不覺，眼眶泛淚。

要不是因緣際會回想起我從小就認識白宣這件事，這些可能都是我這輩子不會再看到、再憶起的記憶。

這本塗鴉本、這些當年留下來的照片。

美好而單純的童年。

那趟旅行，是幾對住在附近的家庭，一起揪團的露營之旅。參與者除了我和白宣的父母，還有不少其他鄰居。

趁著孩子們的暑假空檔，共同創造美好的回憶。

看著塗鴉本，心中的畫面漸漸鮮明。

我們去了位在臺東，素有天空之鏡美名的都歷沙灘，再由全臺灣最寂寞的省道臺二十六線南下。

中途，經過了南田觀景臺。

那是一個可以看到太平洋，欣賞蔚藍天際，傾聽一陣陣海浪拍打岸邊岩石的浪濤聲，感受到被原始森林包圍的地方。

深夜的星海，頗負盛名。

過往回憶的無數碎片，正在腦海裡飛快地聚集，漸漸拼湊出完整的畫面。

房間寧靜無聲，連時鐘滴答的聲音都聽不見。

我翻開了塗鴉本，一頁一頁看著。

一股老舊的氣息，陳舊紙張混合著蠟筆的氣味，撲鼻而來。

蠟筆的顏色、稚嫩的筆觸。

心跳加速，呼吸一停，我看到了以最簡單畫法繪出的兩個人形。蠟筆畫了一個圈當作頭，往下用一條線當作身體。

兩個火柴人。

火柴人的後方，則是各式各樣的藍色蠟筆，畫出海面與天空。

小白宣。

小透光。

「……嗚。」

我的眼眶不禁泛紅。

看到這裡，感情再也無法平淡。時光流逝，塵封多年的記憶喚醒後，一股發自內心湧起的情感，吞噬了我。

「白宣，妳其實一直記得吧。」

妳一定記得吧。只是，妳也一直沒有說。

為什麼？是在等我自己想起來嗎？

我繼續翻起了塗鴉本。

微風牽動了小白宣的長髮。

頭頂的夜星閃耀光芒。

「我想十年後，再來這裡一次。」

「再來一次？」

「對啊，透光兒。因為在這裡我很快樂，所以十年後，我們再回來這裡看星空好不好？約好了喔！」

「好，我們約好了！」

那年春天，天氣微涼的夜晚，在能仰望璀璨星空的南田觀景臺，我與白宣許下了約定。

要是白宣此刻就在我身邊，我一定會緊緊地抱住她，就像是要把她融進我身體一樣，用力地抱住她。

但如今她在哪裡，我根本不知道。

如今的妳，身在哪裡？

無聲地闔上塗鴉本，我深陷在十年前的回憶之中，久久不能抽離。

我試圖穩定自己的情緒，但是躁動的心，說什麼也不肯平靜。讓視線離開塗鴉本，似乎成了天底下最困難的事。

深吸了一口氣，再次打開塗鴉本，我看著兩個火柴人旁邊的那一行字，忍不住又哽咽了起來。

今天，趁著大家睡著了，跟白宣一起偷偷跑去看星星。晚上好冷，但白宣的手很溫暖，所以不冷了。

隔天早上，我在房間的床上醒來。

「咦？」

我怎麼會在這裡？

昨天翻著塗鴉本和日記，好久好久，直到深夜。本來就很累的我應該沒有回到房間，而是在當作倉庫的那間房間裡睡著了。

從床上起身，我瞥見書桌上平放著那本塗鴉本。

小白宣與小透光的火柴人。

粗糙的筆法、泛黃的紙頁、褪色的圖畫，讓我再一次愣在桌前，忍不住伸手翻閱。

回憶，一波一波湧來。

或許是經過了一場夢的時間修復，那些早已模糊的記憶紛紛變得鮮明。

深刻無比。

我想起了另外一件事，寒假時在宜蘭的那個清幽夜晚。

狐面女孩輕聲說過的那個故事——

很久很久以前，我和父母曾經一起到臺東玩。

那趟旅行，除了爸爸媽媽，還有好多附近鄰居。有大人，也有小孩子。

就在旅途中，我認識了一個特別的女孩。

她的雙眸空靈，每當與她四目相對，就像是跌進深藍色的大海，一瞬間就會放空。

女孩與其他小朋友不會靠得太近，但也不會離得太遠。

她喜歡到河裡抓魚抓蝦。

有一天大家在田野裡玩耍，那個女孩子在水塘裡跌倒了。

水塘的水很淺，更像是一個小水坑。

我看到了她失措無助的表情。

小女孩跌坐在地，水面覆蓋到她的腳踝與腰際。雖然沒有危險，但她很慌張，拚命揉著漸漸泛紅的眼眶，等其他玩伴拉她起來。

結果一直沒有人靠近。

小女孩跌倒在小池子裡，其他玩伴不想走近小池子，怕弄濕了鞋子，而且都覺得小白宣可以自己站起來。

看了幾秒，我發現都沒有人去拉她。

為什麼？

沒有人注意到她微微含淚的眼眶嗎？於是，我自己不管鞋子會弄濕，就跳進去小池子裡了。

小女孩面露意外，微紅的眼睛睜得好大。

「妳動得了嗎？」

「唔，勉強可以。」

試了一試，我發現小女孩連站起來都很吃力，於是我攙扶她的手臂，讓她盡量靠在我身上，一起站起來。

「嗚嗚……嗚哇啊啊啊啊！」

一離開水池，小女孩忽然哭了起來，她把滿是眼淚的臉蛋靠在我的背上，大哭一場。

我沒有問她原因，因為她抓住我的手抓得很緊。

CHAPTER 4

春夜

氣溫宜人的春天，假日早晨。

水昆高中附近，一家位於寧靜住宅區邊緣的咖啡店。

店內採復古懷舊的裝潢，店長掛了一個舊式擺鐘在店裡，鐘擺搖動時會發出滴答滴答的聲音。

和煦的陽光穿透了薄薄的淡藍色窗簾，映入室內，靠窗的座位飄散著微光的粒子。

咖啡的香氣飄散，讓人精神抖擻。

昨天剪片就像是剪了一輩子之久，實在累人。

「老闆，我要一杯冰拿鐵。」

我選擇坐在靠窗的角落四人座，這裡比較隱蔽。我拿出背包裡的筆記型電腦，等著我約的人前來。

不久，他們兩人一起到了。

「早安。」

看到他們一起出現，我忍不住露出微笑。

「我要熱可可。」小青藤說。

「我要水果茶。」王松竹說。

一陣子沒看到他們了。

等到飲料都上齊之後，我把筆電擱在旁邊，開口說道：「最近還好吧？我有看你們剛出的那一支影片耶，歌很好聽。」

「當然！只是沒想到，我們的觀眾都很支持我們組成兩人團隊，這一點我比較意外。」王松竹說道。

「因為大家覺得你們很合吧。」

「我自己是覺得，我主唱、王松竹伴奏的話，歌又更好聽了。」小青藤的臉上浮起淡淡的笑容。

「真的。」

我發自內心地贊同。

小青藤化著淡妝，心情很好的她，笑起來有種自然清新的美感。

松木上的小青藤成立沒有多久，第一支影片輕鬆就突破了二十萬點閱。我沒有留意頻道的訂閱數，但大概也不低。

「我找時間再幫你們宣傳一下，哈哈。」

「其實我上次就想問了。」王松竹面露納悶，「透光，你是打算用追逐夜星的白宣頻道幫忙宣傳嗎？」

「我會用自己的頻道，只是我還沒有開始上傳影片。」

「喔喔。」

王松竹理解地點點頭。

一旁，跟他並肩坐著的小青藤，一頭鮑伯短髮之下的雙眼正眨也不眨地盯著我看。

「你自己開頻道了嗎？」

「是。」

「名字呢？」

「春墨——春天的墨跡。」

「春墨？嗯，這名字好聽。」小青藤喝了一口熱可可，清澈的雙眼不曾移開目光，「柳透光，今天你約我們出來，是有事要說吧。」

被她猜中了，我把筆記型電腦往旁邊一轉，說道：「對，我有一支剛剪好的影片要給你們看。」

「這麼神祕？」

「也不是，只是因為我自己也不確定到底要不要上傳，才請你們來幫忙看看。之所以要當面約出來，是因為想了解你們當下最真實的反應。看完，再告訴我想法吧。」

我輕點筆電的螢幕，叫出了影片檔案。

播放。

這一趟旅行，是由東臺灣一路往國境之南的旅行。

第一週，我們會先去素有天空之鏡美稱的臺東都歷沙灘。第二週，再由全臺灣最寂寞的省道臺二十六線南下。

能看到春季夜晚璀璨星空的南田觀景臺，是這次旅行的第二站。

暖和的春天。

我與白唯再次來到東臺灣。

沿著臺十一線南下，一路欣賞夢幻的濱海風光。翠綠色的田園、搖曳的椰子樹、雲霧繚繞的墨綠色海岸山脈，還有乾淨清新的空氣。

我們一路遊覽臺東的好山好水，最後，來到了都歷沙灘。

這裡以「臺灣的天空之鏡」為宣傳，成為了小有名氣的旅遊勝地。印象中，我看過幾個 Youtuber 拍攝過都歷沙灘的遊記。

伴著海岸山脈的煙雲，連綿的青草地隨風舞動。

「好美喔！」

白唯忍不住讚嘆。

我微笑著點點頭。

我們沿鄉間的坡道往上走了一段時間，在看到都歷掩埋場的招牌後，轉向小路走進去。沒有多久，我跟白唯在一片淺綠色的青草地上，看見了都歷傳統海域的立牌。

海岸線隨之映入眼簾。

或許是季節和時間的因素，很幸運地，沙岸上沒有多少旅客。

「到啦？」

「到了。」

白唯往前小跑，直到雙腳踩上沙灘邊緣。

她穿著一件明亮的白T，衣服上有可愛的橘子圖案。下半身是米色的短褲，搭配到小腿肚的灰色長襪。長襪修飾了白唯的腿部曲線，讓她的小腿更顯勻稱。

她回頭一喊：「人不多耶，柳透光。」

「很好啊，這樣更有私密景點的感覺。」

我順口回應，也走上了沙灘。

放眼望去，幾個衝浪客在遠方衝浪，沒有太多人聲的喧譁。

鐵色的沙。

平靜的海。

微鹹的風。

「在這裡聽海的聲音，很舒服呢。」

海洋真的有股魔力，總會讓人停下腳步，看向遠方。

據說這裡在退潮時，整片沙灘能倒映天空——天空之鏡的美景，夢幻的海天一色會出現在人們腳下。

令人嚮往的奇景。

白唯蹲坐在沙灘邊際，手指勾住貼近肌膚的灰襪上緣，往下一脫，褪去了長襪。

我也坐在地上，把鞋子擱在一旁，換上了拖鞋。

「吶，白唯。」

「怎麼了？」

「等一下就會開始拍影片了。」

白唯抬起頭，望著我停頓了片刻，慢慢地說道：「好吧。」

「白唯，我知道妳不想讓別人投射白宣的身影在妳身上。這部影片我會拍成 Vlog，妳只要做妳自己就好。」

「你覺得這樣就夠了嗎？」她反問。

「夠了。」

我堅定地說。

如果白宣的粉絲其實內心都知道白宣真正的模樣。平常她表現得樂觀開朗，跟誰都能打成一片，但內心也有陰鬱的一面。

那麼，天真活潑的白唯假扮的白宣，根本瞞不過任何人。

是吧？

白唯站起身，襪子已從光滑無瑕的長腿上褪下。她的腳往前一伸，腳丫子踏進了海灘鞋。

「記住，做妳自己。」

「好。」

白唯拋下一句話，往前走去，長髮隨風飄散，露出一側的肩膀。骨感的肩膀，在白衣之下若隱若現，勾勒出完美的弧線。

「啊，等我。」

我連忙跟了上去。

漫走在沙灘上，規律的海浪一陣陣沖上岸邊，再緩緩退去。都歷沙灘本身能拍的照片很多，做成影片能用到的素材也不少。

我和白唯，用赤裸的腳感受著沙的流動。

腳邊，清淺澄澈的海水，原先的透明已染上了天藍色。一整片淺水區域不意間有了同樣的色彩，那是天空的顏色。

澄澈、湛藍。

我們能看到海水下方的沙礫，海洋的蔚藍色彩則在淺水區邊際出現，並一路延伸直到海洋彼端。

往遠方一望。

水天一色的風景，映入眼裡。

我忍不住用相機將這幅畫面永遠定格。

白唯湊在我身邊，很有興趣地看著我拿著相機。

最近開始學習攝影的她，還試圖指點我哪一個角度更好，更能呈現出想要的風景意境。

如果我反駁，她還會雙手扠腰，認真地嘟起嘴跟我解釋。

我們悠閒地在都歷沙灘如詩如畫的風景之中漫步。

白唯時常跑在前頭，東晃晃西走走，十分活躍。

我想，無須表演、無須腳本，光是自然的互動配上簡單的文字，就能拍出一支足夠吸引人的短影片。

「妳喜歡這裡嗎？」我問。

「喜歡。是我想一個人靜一靜時，會想來的地方。」

「海洋真的有股魔力。」

「嗯，我也這麼覺得。」白唯別過頭看向我，眉毛與嘴唇都笑彎了，「我很喜歡這裡的海浪拍打岸邊的聲音，也喜歡在耳邊迴盪的海風。更不用說，能放空凝視遠方的大海了。」

「嗯，再過一下子，這裡還會出現天空之鏡喔。」

我指向腳邊的淺水區域。

白唯的手臂輕輕觸碰了我一下，淺淺含笑，沒有多說什麼。她的長腿往前一伸，輕鬆地跨越一顆大石，身輕如燕。

我們繼續往前，腳踩著倒映湛藍色天空與白雲的淺水，宛若置身雲端。

白宣一直認為，粉絲們不瞭解真正的她。

但如果，我們上傳了這支影片——

這支影片裡的「白宣」，跟真正的白宣不一樣，沒有任何陰鬱的一面，更不會突如其來地流露出淡淡的悲傷。

白宣的粉絲們看到了，會怎麼想？

他們看得出來，這不是以往那個白宣嗎？

這些問題，只要等影片上傳，就能知道答案。

而這一個動作，八成也會刺激到白宣。

如果沒有，就發布下一支影片的計畫——仰望夜星的南田觀景臺。

都歷沙灘與南田景觀臺這兩個景點，一旦在追逐夜星的白宣頻道公布，白宣一定會主動來找我。

她絕對還記得，我們最初一起出遊的回憶。

「透光兒，去旁邊坐坐吧？」

「好啊。」

我與白唯走到海岸一角，在某個海浪能輕輕蔓延到身邊的位置坐下。

白唯自然地將腿往前延伸。

修長白皙的長腿，很吸引人的視線。

海水一次次湧到白唯纖細的腳踝旁，些許沙子停留在她雪白的肌膚上，但她不以為意，就只是那樣坐著。

我們有一搭沒一搭地閒聊。

等到退潮，都歷沙灘的天空之鏡終於出現了。

透明的海水在淺水區慢慢退去，退潮了，留下一層極淺、幾乎不再波動的海水，這就是明鏡。

倒映天空。

數不盡的碧藍色彩。

一層層高積雲壯麗地在天上天空與海面明鏡舒展變換，讓人不禁讚嘆。

「這就是天空之鏡！」

「好神奇的景色……」

「我要去站在天空之鏡上，幫我拍照！」

白唯從地上一蹦而起，快樂地奔向天空之鏡的中心。她手舞足蹈地擺出各種姿勢，跳上跳下，彷彿有用不完的精力。

笑容燦爛。

最終，我拍了很多照片。

從早晨清透高遠的藍天白雲，到正午的豔陽普照，再染上燦爛夕陽的色彩，最終快轉作結。

我想不到，比這個更好的結尾了。

影片結束。

都歷沙灘的萬里晴空與夢幻的天空之鏡實在太美，我沉浸在影片結尾帶給人的餘韻數秒，才回過神來。

我看向王松竹與小青藤。

啊！我忽然意識到，自己沒有提起我和白宣其實早就相識的事情。選擇去都歷沙灘，與之後的南田觀景臺，是有原因的。

他們兩人的表情都有點複雜。

看來，需要再作解釋。

我開口問道：「感覺如何？」

「影片裡的那個女孩子不是白宣，是她的妹妹吧？」

「對，她叫做白唯。」

我不由得面露驚訝。

小青藤的觀察能力真的很敏銳。

「也就是說，你想透過上傳你跟白唯一起旅行的影片，讓觀眾誤會那是真正的白宣復出，藉此迫使白宣主動現身，阻止你繼續上傳影片。我這樣理解對嗎？」

「不對。」

「咦？為什麼不對？」

「小青藤，妳不認識白唯，可能不知道她的個性。她是那種開朗快樂、很好相處的人，就和白宣在影片裡總是表現出來的模樣完全相同。但是，她沒有只屬於白宣會流露出的憂鬱。」

「喔？」小青藤輕輕點頭，思考了幾秒後確認似地說道：「所以，你拜託白唯扮演白宣，正好可以證明白宣心中想的到底對不對。」

「沒錯。」

「你想得真仔細呢。」她讚美道。

「我想讓白宣知道，觀眾眼裡的她，跟她想像的不同。不是所有粉絲都覺得她活潑開朗，其實很多人早就看出她私底下的那面了。只要上傳這支影片，就能證明這件事。」

「嗯。」

他們兩人異口同聲。

直到現在，松竹都還沒有主動開口。

「你們覺得該上傳嗎？」

「你心裡應該早已有了答案，所以你才會去拍。」小青藤拿起熱可可，輕啜了一口，「現在，你為什麼後悔了？」

「我……」我搖搖頭，「我沒有後悔，只是猶豫而已。」

「你的藉口太多了。」

小青藤垂下視線，折了折吸管。

「柳透光，這個方法我覺得很好，但我也只能這樣給出感想而已。沒有人能幫你做決定。」

「我……有點害怕。」

「害怕什麼？」王松竹關心地問。

我怕什麼？

我怕的無疑就是，這樣做會徹底惹火白宣，激化她內心的矛盾，讓她乾脆走向離我更遙遠的地方。

「白宣的個性不好捉摸，我怕她無法忍受我這樣逼迫。」

「是嗎？」

「是啊。」

有時候，我也無法理解白宣在想什麼。

我與她之間，還是會出現那道與人拉開距離的透明冰牆。隔著冰牆，我不僅觸摸不到她，也看不清她。

若即若離。

小青藤清冷的聲音插入我與松竹的對話。

「無法決定該不該做一件事的時候，你就仔細想想，要是現在不做，將來會不會後悔吧。柳透光，這是我最後，也是唯一能給你的建議。」

如果現在不做，將來會不會後悔？

我閉上雙眼，陷入深思。

我深深吸了一口氣，心裡做出了抉擇。

回到家，我走回房間。

打掃地板、折疊棉被、收拾書櫃、整理書桌，我像是逃避般做了一堆家事，直到再也找不到能整理的區域。

這大概是有史以來，我房間最乾淨的一刻吧。

靜靜看著整潔的房間，我的心也漸趨平靜。

醞釀已久的決心，終於促使我付諸行動。

我打開了很久沒有打開過的，追逐夜星的白宣 Youtube 創作者工作室。

上傳了影片。

——都歷沙灘的天空之鏡。

影片發布後，壓力瞬間湧起，但我早有心理準備。

我走進浴室沖澡，讓附著在身心上的雜質，隨著水流而逝。再次出來時，我想也沒想就去面對所有留言。

五十萬訂閱者。

很多人都很期待頻道繼續出影片，也很好奇白宣為什麼隔了這麼久都沒有消息？

更重要的是，我想知道，大家怎麼看待這部影片？

在都歷沙灘上跟我一起散步，面露淡淡的悲傷與憂鬱，時常一個人望向遠方。在天空之鏡出現後，又像是挖到寶藏的小孩一般，非常開心地與天空之鏡合照。

——這個女孩不是白宣，有多少人可以察覺到？

點開影片，我往下翻看留言。

若是真如張新御所說，不少老觀眾，早就隱約發現影片裡的白宣，或許跟真實世界裡的白宣不太一致，那麼，這支影片裡的是另外一個人，應該會有觀眾能發現吧。

開朗樂觀，無時無刻不洋溢笑顏的白唯。

神祕空靈，一不小心就會陷入憂鬱的白宣。

究竟有多少粉絲，能看出她們的分別？

在我看著留言的同時，新的留言也飛速增加。

追逐夜星的白宣，睽違快兩個月終於再次發片，也是再次在社群出現。在這樣資訊爆炸的時代，沒有持續曝光的 **Youtuber**，很容易就被其他人取代。

但是，這支影片引起的反響，比我想像中還要熱烈。

留言幾乎看不完。

「呼，好了。」

過了一陣子，查看留言到一個段落，心裡有數的我緩緩站起身。

影片的說明欄處，我特地寫上了下一站是東臺灣最適合觀星的景點之一，並標註了最寂寞的省道。

在在暗示南田觀景臺。

這些動作，應該足夠讓白宣來找我了。

一如寒假時的我，透過白宣在各個地方留下的線索，追尋她的蹤影。現在，只是反過來而已。

白宣如果親自看了那些留言，她心裡的迷茫、不知所措大概會變得更多，也更需要找人談談。

到底哪一個才是我？

螢幕前的我，私底下的我？

觀眾眼中的我，真正的我？

正因為我們都很迷茫，所以，才要尋找答案。

我找了幾篇留言，截圖下來，準備到時候給白宣看。

「以前的白宣會在夕陽之下跳躍起來拍照嗎？好奇怪喔。」

「影片看起來，白宣是不是變得更開朗快樂了？」

「白宣妳是不是遇到什麼麻煩事了？身為一個高中生，跟妳一樣大，我也想幫妳加油。最近我也遇到好多事，看到妳一直沒有發影片我有點失望，但還是要幫妳加油！」

「不管要等多久，我都支持，都想看到妳的旅行影片～」

「這支影片裡的白宣，好像跟之前不太一樣。」

「白宣身上特別的憂鬱氣質，好像不見了。難道這就是消失這一段時間的理由嗎？」

這麼多粉絲充滿納悶與懷疑的留言，足以讓白宣動搖了吧。

我看著窗外的天空，自言自語道：「吶，看到這部影片，就快來找我吧。」

週日的隔天，要上學。

三月下旬，從青秧如雨的驚蟄節氣，到了春暖花開的春分。

春日爛漫。

拂面而過的微風捎來了淡淡花香，也讓街道有股萬物初萌的活力氣息。

路邊的小花紛紛綻放，水昆高中裡那幾棵櫻花樹，也降下了櫻花雨。

發布完都歷沙灘的影片，影片的觀看數與留言數不斷攀升。我一直在等待白宣主動聯絡我，但都沒有。

我走在學校裡，一個人上課、一個人到圖書館，一個人吃午餐，一個人走回家。

有些朋友找我聊天，但這一週我的心情實在難以放鬆。

要是白宣這週還是杳無音訊，週末，就是去南田觀景臺再拍一支影片的時候了。

這支影片，標題會下「追逐夜星的白宣」。

等於攤牌。

把白宣逼出來面對我。

白宣的個性，纖細、脆弱的部分占比不低，難以預測，甚至率性而為到任性的地步，我很不想過度逼迫她。

最寂寞的省道，東海岸的南田段，那裡較少人為開發，保留了很多大自然的景色，很適合探訪。

可以的話，我想和白宣一起前往那裡，找回屬於我們的回憶。

而不是讓白唯再次扮成白宣，讓「追逐夜星的白宣」再次發布其實根本沒有白宣的影片。

我反覆看著手機，不停刷新 Youtube 頻道和粉絲專頁，然而最想看到的那個名字，始終沒有出現。

「白宣，妳到底在想什麼？」

週五，夜晚，我接到白唯的電話。

「喂？柳透光？」

「嗯，怎麼了？」

「我們明天幾點出發？」她以理所當然的語氣詢問。

我意識到，白唯打從一開始就不認為白宣會這麼簡單就露面。

白宣確實不是一個會輕易低頭的人。

我想了想說：「九點吧。」

要從臺北前往臺東的達仁鄉，我們有整整兩天的假日。九點出發，時間還很充足。

「好。」

結束通話後，我依舊凝視著手機螢幕。

一直等到三更半夜，終究抵抗不了睡魔，沉沉睡去。

最後，我還是沒有接到白宣的訊息。

沒有隻字片語。

睡夢中，我依稀夢到了兩個小孩子。

小男孩與小女孩在仲夏夜的璀璨星空下，訂下了約定。

尚未履行的約定。

「透光兒，因為在這裡我很快樂，所以十年後，我們再回來這裡看星空好不好？約好了喔！」

「好，我們約好了！」

週六，空氣清爽的早晨。

我與白唯，迎著春風，以及花開自來的花香，走進火車站。

春天真的有股魔力，能讓人心情變好。

白唯就像是在春天到來之時，興奮地到處奔跑的小狐狸。

「你怎麼不太開心？」她好奇地問。

「應該是緊張吧。」

「緊張什麼？」

白唯瞪著我，伸手搓揉我的頭髮。

「妳幹嘛啦？」

「看你太嚴肅了，幫你輕鬆一下。」白唯往後退了一步，「柳透光，你不相信你想到的方法嗎？」

「這、這個……」

「相信的話，要沮喪要失落，也等做完再說，笨蛋。」

白唯小小聲地罵了我一句。

她看我沒有移動，乾脆伸出手拉住我的手臂，把我拉進火車車廂。

「走啦！」

「好啦，我自己會走啦。」

乘上火車，我們一路前往東部。

這次的旅行需要隱蔽性，不能被太多人知道我們會在深夜出現在南田觀景臺。

白唯穿了一件橘與淺灰撞色的連帽T恤，坐在我旁邊，帽簷壓得極低。

到了大武火車站，我們在火車站附近搭上客運前往達仁站。

南田觀景臺，位於達仁鄉。

那裡也是排灣族的生活圈。

「喂，柳透光，這一趟旅行的交通時間，讓我想星期一也想請假了。好久。」

「真的有點遠。」

「算了。都來了，那裡好玩嗎？風景漂亮嗎？」

白唯的雙眸閃亮亮地望著我。

現在的她，也稱得上是一名業餘攝影愛好者了。

我認真地點頭。

「這一帶不為人知的祕境很多，大概是因為人煙稀少，大自然環境保護得很好，一定有很多能勾起妳拍照欲望的景致。」

人跡罕至的山間小路。

被遺忘的臺灣環島公路。

視野明亮遼闊的海岸線。

碩果僅存的原始自然海岸林。

全臺著名的純黑南田石，所形成的南田石礫灘。

還有，能仰望夜星的觀星臺。

能作為素材的風景很多，要是全部塞進一支影片，可能片長還會太長，要多分成好幾部。

聽著我的解說，白唯興致盎然地上下點頭。她背著一個小巧的米色雙肩包，相機大概就放在裡面。

我們在達仁站下車。

春天的東臺灣，氣溫比北部更溫暖一點。

海風陣陣，吹拂在身上讓人身心都放鬆了，也帶走陽光帶來的熱氣。

日頭正盛。

我們先是到民宿安置行李，然後悠哉地吃了一餐。

主要行程在晚上。

各自在房間休息了一段時間，午後的太陽不再酷熱難當，我們又從民宿租了兩臺電動腳踏車。

白唯一踏上腳踏車，就鼓足了勁往外衝去。

我趕緊叫住她。

「白唯！」

「嗯？」

精力旺盛的白唯，似乎不滿我喊住她，鼓起了臉頰。

最寂寞的省道，臺二十六線，南田鄉路段就在附近而已。

我牽著腳踏車走到她旁邊。

「妳想先去哪？」

「我想去海邊。」

「好。離晚上大概還有幾個小時，我們去到處晃晃吧。」

「你不是說這裡的石頭很出名嗎？」

白唯跨在腳踏車上側過頭，一頭栗色長髮被海風輕易地吹散，她雙手繞過頸後，用髮圈綁起馬尾。

我看著她的動作。

「對，這裡石頭經過長時間海浪的拍打，還有受到潮汐影響，黑色的石頭上點綴了白色礦物質，常常形成特別的圖案。擅自拿走的話，會被當成犯罪喔。」

這些都是跟白宣一起讀過的知識。

「喔喔！」

「這裡的海岸線很漂亮，我們就先去石礫灘如何？」

對我的提議，白唯元氣滿滿地比出ＯＫ的手勢，並示意我騎在前方。她的相機，不知什麼時候開始已經掛在了胸口。

我看了看時間，只要在日落後返回民宿就好。

日落之前，都是自由時間。

路程遙遠的臺東南田，除了在小時候來過一次，我再也不曾拜訪。

抱著懷念的心情，又或者是純粹想享受旅行的心態，我們出發看海。

海風陣陣，天氣晴朗。

下午四點了，陽光不再像中午那麼強烈刺眼。

白雲依舊連綿在高空，放眼望去，平坦的公路向視線終點綿延。

儘管是假日，路上也幾乎沒有車輛經過，時間久了，讓人有種獨占了整個世界的錯覺。

而對於白唯來說，光是騎在海岸邊的公路上，這趟旅行就很值得了。她不時隨意地停下腳踏車，走到沙灘或石灘上，認真地捧起相機，開始攝影。

拍完照片，她的頭會微微歪向一側，查看自己方才的作品，然後露出滿足的表情。

坦率表現情感的白唯，很可愛。

我們騎到了地勢較高的路段，從這裡能眺望遠方寧靜悠遠的海岸，還有那顏色層次多變的海洋。

幾戶人家的老舊房子，隱身在海岸與濱海原始森林之間。

那裡，恐怕也都沒有人居住了吧。

「哇！」

「怎麼了?想下去嗎?」

「想啊,我想到那裡看看!」

白唯把自行車停在路邊,橘灰色的帽T在春日陽光之下十分亮眼。她先是走到公路的白色欄杆邊,望向遠方。

同樣是眺望遠景,白宣跟白唯的差別,大概是臉蛋上的表情了吧。

一個人是憂鬱中帶了點悲傷。

一個人是開朗中帶了點期盼。

我站在一旁,忍不住拍了一張白唯望向遠方的側影。

「妳想去我們就快點走吧!不然拖太久,我擔心天色要暗了。」

「啊,對吼!」

我們繼續往前騎了一段路,到了剛剛看到的海岸區域。白唯迫不及待地把腳踏車鎖在路邊,奔向海岸。

我連忙跟在她身後。

越過了叢生的雜草,斷成一截截的漂流木散落在海邊,濱海植物茂密生長,沒有一點人為開發的跡象。

我們踏上了鵝卵石海灘。

遠方，青空與藍海連在了一起，飽滿鮮豔的色彩，有種純粹的美感。

「這就是南田石嗎？」

白唯在海灘上蹲下，拿起一顆石頭。

石頭形狀圓滾滾的，比手掌還大一點，上頭的白色礦物看起來像一朵小花。

她興奮地把石頭拿到我眼前。

「你看！這好像一隻毛毛蟲！」

呃，好吧，她這麼一說確實也滿像的。

白唯很享受眼下的氣氛，也很樂在其中。她放下手中的石頭，又繼續搜尋著其他更特別的圖案。

簡單而美好。

我蹲在她旁邊，也捧起一顆南田石。

日曬的餘溫殘留在石頭上，摸起來感覺暖暖的，很舒服。

礦物質在南田石上留下白色的條紋，這一顆石頭上有七道近似等距呈現的弧線，像極了彩虹。

我用手機拍下照片，也按下了心中相機的快門。

希望這趟旅行的結果，能像這顆石頭一樣，將彩虹永遠銘印。

「啊，白唯，這附近還有堪稱臺灣最原始的祕境——阿朗壹古道喔。」

「真的嗎！」

白唯雙眼發光。

我不禁微笑，「只是得事先申請，這次沒辦法了。以後有機會，我們再一起來吧。」

「嗯嗯！」她爽朗地點頭。

似乎是蹲太久導致腿痠，白唯再翻了幾顆石頭後，一屁股坐了下來。

她伸了個懶腰，然後一手抵著膝蓋，托住下巴。我跟著她的視線，一同看向遠方。

天空很藍，海洋也是。

愈靠近岸邊的海水顏色愈淺，甚至隱約變成了透明，而海洋遠方則是沉穩的深藍。

「能什麼都不想，就這樣呆呆地看海，很幸福呢。」

「咦？妳最近說話，愈來愈像白宣囉。」

「是嗎？」

白唯從石頭海灘起身，衣服下襬隨風飄動。

她往海浪走去。

「是啊，以前的妳很少這麼說話。」

「可能是因為，我最近想了很多以前沒想過的事。我知道姐姐的個性跟心裡的想法和我不一樣，只是啊，我能關心她、擔心她，但一直沒辦法懂她。」

「嗯。」

「你懂她嗎？柳透光。」

白唯停在海浪的邊緣，回眸一望。

我迎向她的雙眼，認真地思考了之後，回答：「我不知道自己懂不懂她，但是，跟白宣一起玩，我很開心。不管我究竟瞭不瞭解她，至少，我願意去那麼做，不計代價。」

沒有任何人理解自己，只會讓她更寂寞吧。

所以，即使常常觸碰到那道若有似無的透明冰牆，我還是不想放棄。

「嗯。」

白唯保持站姿，單手脫掉了腳上的鞋子與襪子。

海浪拍打岸邊的聲音，迴響耳際。

白色浪花偶爾躍得特別高，水珠濺到了白唯的腳踝。

「柳透光，跟你一起踏上尋找姐姐的旅行，這段經歷對我來說也很重要。因為，我開始可以稍微理解姐姐的煩惱了。當然，張新御也跟我聊了很多。」

「喔喔。」

「姐姐不像是我，能想哭就哭、想笑就笑，很多時候她都把情緒收藏在心裡。她從小就很有自己的想法，一直都很特別。以前的姐姐之所以不跟人傾訴，會不會只是沒有遇到理解她的人呢？」

我陷入沉默。

或許吧。

這個問題要是誠實回答，恐怕過於殘酷。

白宣很少向其他人傾訴心事，連深入往來都少之又少。以我們班上的同學來說，雖然白宣跟大家相處起來都很融洽，但要論真正的朋友，一個也沒有。

沒有人能靠近她。

就算真的靠近了，也待不了太久。

天漸漸變灰。

風漸漸變大。

似乎，也變冷了。

遠方的陽光，被厚重的雲層擋下。

白唯雙手圈成話筒的形狀，靠在嘴邊，對海洋大吼：「我才不管姐姐妳到底在想什麼，就任性地做自己想做的事啊，做真正的自己就好，不要管其他人！」

我在一旁聽著。

真正的自己？

不管是影片裡開朗活潑、樂天陽光的白宣，還是會一個人坐在海岸邊，面帶憂鬱地凝視遠方的白宣。

在我的眼裡，都是白宣兒。

「柳透光，你過來一下。」

白唯向我走來，拉起我的手，單手指向海洋。她希望我做的事，不用說我也懂了。

透過嘶喊來宣洩壓力，是件我好久好久沒做的事了。

我學著她的姿勢，對太平洋大喊：「白宣，不管哪一條路都好，都是妳自己做過的決定，都是真正的妳！不要執著在一個面相上，所有人，都有很多面啊！」

「人，都有很多面？」

白唯聽了聽，似乎覺得很有道理地陷入了思考。

不過思考沒有耽擱她太久，逐漸暗淡的天空與倒映灰色的海洋，勾起了她的興趣。

彷彿使用了灰階濾鏡，風景都變暗了。

因為這裡保留了大自然的原始之美，看起來更加滄桑，彷彿與世隔絕。

白唯再次拍起照片。

夜幕降臨前，我們返回了達仁的民宿。民宿有提供海鮮與野菜的料理，我跟白唯都很餓了，餐點一端到眼前，立刻狼吞虎嚥起來。

吃完飯，我拿出手機看了看時間。

「白唯，先回去休息一下吧。」

「好啊，大概幾點出發？」

「晚上九點？」

「這麼晚出發，你認得路嗎？」

「認得。」我堅定地說。

隱身在森林間的南田觀景臺，有著遺世獨立的絕美景色。

我與白唯，打開了電動腳踏車的大燈，踩上踏板，沿著全臺最寂寞的省道臺二十六線一路前行。馬路兩側的風景是深夜裡的暗藍色大海，與無盡的山林。

我在短衣外穿上了灰黑色的長版無領外套。

夜晚的海風，還是有點冷。

看見了早上去過的南田石沙灘，也親身感受了山林的起伏。一前一後，我與白唯一路騎到達仁景觀自行車道的入口。

這裡，有一道要是不仔細很容易錯過的斜坡通往祕境。

入口有張告示牌，上面畫出了整條自行車道的地圖。

出於保險，我拍下了照片。

我的心跳得很快，或許是因為第一次騎在這麼黑的道路上吧，彷彿即將被未知所吞噬。

路上的路燈只有兩三盞，隔得很遠，除了腳踏車車燈映出的微弱光芒，幾乎沒有其他人為照明。

我的口袋裡帶著手電筒，以備不時之需。

這條景觀自行車道，深入了臺灣碩果僅存的濱海原始森林，夾道的樹林猶如樹海，在夜色下，氣氛寂靜得不可思議。

我忍不住說：「我第一次走在這麼安靜的路上。」

「我也是，感覺好特別。」

白唯看起來正沉浸其中。

自行車道十分平整，感覺有做定期養護，路旁也幾乎看不到棄置的垃圾，看來當地政府很注重這裡的環境吶。

到了達仁景觀自行車道的最高點，磚紅色的道路持續向遠方延伸，但我與白唯分別停下了腳踏車。

「就是這裡？」

「到了。」我說。

前方有一道小坡，可以沿著石梯走上去，兩邊是平坦的青草地。樹木茂盛的枝葉沒有遮到照耀這塊土地的星光與月光。

南田觀景臺。

靜靜地杵立在鮮為人知的祕境之中。

我與白唯一個字都說不出來。

習慣了黑暗的雙眼，突然看到眼前的天空，如同畫布一般在觸手可及似的地方展開，感覺好不真實，就像是身處奇幻世界裡一般。

星空璀璨而美麗。

每當我往上走一步，星海就像是離我更近了一步。

好美，真的好美。

在沒有任何光害的地方，才能看見這樣珍貴的星空景色。

同樣被春季銀河震撼的白唯，愣了好幾秒，才後知後覺地捧起相機。她沒有跟我一起走上觀景臺，而是留在山坡下。

「妳不上來嗎？」

「我想待在這裡，你先上去吧。」

白唯對我揮揮手。

也是，她現在所在的位置，能由下往上拍到黑夜裡灰暗的山林、草地、觀景臺，還有那一條通往遠方的道路。

更能透過攝影，捕捉這些景物被灑上淡淡星光的韻味。

我踏上階梯，站上了南田觀景臺。

觀景臺並不大，上頭除了一座小涼亭之外，就只有開闊無際的視野。

黑暗將一切界線模糊融解，白天鮮明的碧海藍天，此時只剩一片漆黑。必須很仔細凝視，才能看見隱約的輪廓。

然而，正是在這樣的背景下，更襯得星空繽紛燦爛。

滿天的星子紛紛對我眨眼。

海浪拍打岸邊的聲音，富有規律，而回憶也如潮水一般湧上了腦海。

小時候的我和白宣，就是在這裡一起看星星的吶。

只可惜，那個說好與我一起回到這裡的女孩，如今不在身邊。

就在我沉浸於夜色時，忽然聽見了細微的聲響。在這樣萬籟俱寂的地方，任何一點聲音都會被無限放大。

是白唯來了嗎？

我回過頭，在黑暗中看見一個朦朧的身影。

即便很模糊。

儘管很像。

但我知道——那不是白唯。

天啊！

隨著人影走近，她的臉龐也逐漸清晰。

相隔十年，一模一樣的故人與故地，原先褪色的記憶轉瞬變得鮮明。

那年夏天的東部之旅。

我與小白宣，一起沿著白天走過的道路，趁著大人們睡著時，拿起手電筒結伴前往早上去過的南田觀景臺。

一路上，很黑很暗，根本看不見手電筒光源照射以外的地方。

森林闃黑的影子像是吃人的怪獸，每當涼風颳過，晃動的樹枝就彷彿怪獸伸出的爪子，樹葉摩擦的沙沙聲則是怪獸的呢喃。

走著走著，小白宣抓著我的力道愈來愈大，腳步也愈來愈緩慢。

我其實也很害怕，但還是強迫自己裝出沒事的樣子，繼續往前走。

這種時候，要是兩個人都因害怕而止步不前，就沒辦法再走下去了。

「白宣，不要害怕。」我小聲地說。

「嗯嗯……」

「我們已經快到了！」

「對，快到了。」

面對我的鼓舞，小白宣終於也提起了勇氣。

果然，再走了一陣子，我們看見了一道斜坡，斜坡上有一座涼亭。

那是達仁部落，隱密的南田觀景臺。

因為周遭比較開闊，在星光與月光的映照下，這裡明亮了許多。涼亭前方有一條石階穿越了青草坡，我們沿著樓梯爬了上去。

觀景臺上也是一片烏漆抹黑，什麼都看不清楚，只有頭上的星辰閃耀分明。

「好近喔！」

抬起頭，星空彷彿就在眼前，我忍不住伸手，試著觸摸那微小的光芒。

小白宣沒有說話，但也靜靜地仰望著夜星。

她的嘴唇輕抿，像是正在思索什麼事情的模樣，看起來有些迷茫。

她真的好特別，跟其他所有人都不一樣。

「你是柳透光對吧？我要叫你透光兒，可以嗎？」

「可以啊。」

「我想十年後，再來這裡一次。」

「再來一次？」

「對啊，透光兒。因為在這裡我很快樂，所以十年後，我們再回來這裡看星空好不好？約好了喔！」

「好，我們約好了！」

燦爛的星空、舒服的夏日微風，還有令人心神嚮往的海濤聲。

小白宣咧開嘴，微微笑了起來。

海風牽動了她漂亮的長髮，筆直柔順的髮絲隨風飄揚。即使如此，她的雙眼仍然仰望夜空。

月亮似乎變得更大更圓了。

月白色的光芒照耀著我的臉龐，把我的注意力拉回現實。

我再次定睛一看。

是她。

白宣一步步朝我走來，卻一語不發，然後，與我錯身而過。

海風徐徐。

她走到景觀臺邊緣，纖細的雙手搭在欄杆上，遙望著遠方的星星。

此時此刻，她身上那股若即若離的感覺，非常強烈。

要靠近她嗎？

靠近她之後，我又要說些什麼？

想了幾秒，我不再猶豫，逕自走到白宣身邊。

透明的冰牆，出乎意料地沒有豎起。

白宣側頭看了我一眼。

「白宣兒，妳在這裡幹嘛？」

「我在看星星。」

「妳想看到什麼時候？」

「看到我看膩了，才會走。」

「好啊，那我陪妳一起看吧。」

白宣沒有反對，於是，我也把雙手放到欄杆上靠著。

「妳看了我拍的那支影片了嗎？」

「看了。」

「那大家的留言反應，有看到了嗎？」

「看了。」

白宣說完，像是不願意面對般別過頭去。

「那妳應該發現了吧？妳的觀眾，早就發現妳呈現出來的開朗形象，不是真正的妳。開朗快樂的白唯扮演妳，一下就被妳的觀眾看穿了。」

白宣沉默以對。

幾秒後，她乾脆地把頭深深埋進手臂裡。

其實不只是白宣，就連她身邊的我們，也從一開始就身陷盲點。陷入迷途。

追逐夜星的白宣頻道封面圖，是那張白宣一個人獨自坐在沙灘上望向遠方，散發著憂鬱與悲傷的照片。還有最早期的影片，那時的白宣因為是一個人拍影片，常常在不意間流露出她真實的情感。

那是白宣的本質。

我伸出手想摸摸她的頭，但手懸在半空，久久摸不下去。

我不確定她在想什麼。

「我想錯了嗎？」

她的聲音，從手臂間的縫隙傳來，悶悶的，帶著細微的顫音。

白宣的頭先是來回磨蹭了手臂幾下，才緩緩抬起。她抓住我的肩膀，讓我轉身與她正對。

星海之下，月光讓她的臉蛋更顯白皙。

她以清澈的聲音問道：「吶，透光兒。」

「嗯。」

「我想錯了嗎？」

「沒有。」

「那我做錯了嗎？」

「沒有。」

「可是，為什麼好像是我錯了？我認為在生活中、學校裡那個，常常迷茫的自己，才是真實的自我。所以，我一直很不喜歡你還有別人喜歡身為Youtuber的那個我。那個，不是真正的我啊！」

「嗯，我知道。」

這是白宣當初選擇消失的理由之一。

拋下一切，只為了尋找真正的自己。

白宣的手持續搭在我的肩膀上，她的上半身探前。我從她盯著我的雙瞳裡，看見了她的急切。

必須在這裡徹底問清楚，否則根本無法安眠。

白宣的迷茫，終於走到十字路口。

過了這個路口，就是終點。

走到這裡，經歷了好久的一段旅程。

她以充滿困惑的語氣問道：「你找白唯假扮成我，一起去都歷沙灘拍的那支影片，觀眾的留言我都看了。他們都認為白唯扮演的我，不是真正的我。」

——以前的白宣會在夕陽之下跳躍起來拍照嗎？好奇怪喔。

——影片看起來，白宣是不是變得更開朗快樂了？

——這支影片裡的白宣，好像跟之前不太一樣。

很討厭別人在自己身上尋找姐姐的身影的白唯，也做出了非常大的犧牲，只為了拍出都歷沙灘那部影片。

「嗯，他們都看出來了。」

白宣鬆開了抓著我的手，神色複雜。

過了會兒，她失落地說道：「所以，是我錯了。」

我無法回答。

這件事從頭到尾，真的有所謂對錯嗎？

「我的觀眾本來就有猜到，在影片裡總是開開心心的我，不是我私底下生活的樣子。他們也早就猜到了，不管是頻道的封面圖，還是偶爾在旅行時看到我的樣子。他們大概都覺得，不管是哪一面都是我吧。」

「嗯。」

「只有，只有我自己在執著而已。」

哪一面，都是妳。

我醞釀了幾秒，正準備回應時，看見了白宣轉頭望向我。她看似一臉困惑，但似乎又有了定見，那是非常矛盾的表情。

我慎重地點點頭。

「嗯，對。」

白宣聽到我這麼說，深深地吸了一口氣。

「我懂了。」她說。

迷途，謂之：失去了方向。

過去幾個月的白宣總是執著在同一條路，認為走上其他路，都是錯的，因此陷入了迷途之中。

但其實路不只有一條。

不是只有空靈又神祕，常常面露迷茫的白宣兒，才是真實的白宣兒。

每一個人，都有很多面相。

白宣的淚滴，毫無預兆地溢出了眼眶，在月光照耀下，反射著晶瑩的光芒。

她沒有哭出聲，只是流著淚。

我伸出手，極為輕柔地，摸摸她的頭。

她沒有抗拒，也沒有召喚出那道透明的冰牆。今天以後，或許那道冰牆再也不會出現了吧。

「所以，不管是哪一個我，都是真正的我。」

白宣肯定地說。

看似，旅途終於告一段落了。

然而，還沒有結束。

我凝視著她，思考要不要繼續往下說。

坦率地剖白自己的心意，真的很需要勇氣吶。

心一橫，我開口說道：「吶，白宣兒，妳想要別人瞭解妳對吧？」

「當然，我希望他們都能認識真正的我。」

「那妳以後，就不要在輕易地對別人築起冰牆，也不要輕易與人拉開距離，那些都會傷害到想瞭解妳的人。」

「我、我……」白宣愣住了。

「不是每個人，都能像我一樣接受妳的一切。一直以來，都是我在努力瞭解妳。如果想要別人能真正理解妳，妳也要試著走近別人。尤其，是那些我以外的人。」

我字字清晰地對白宣說著。

白宣似乎是聽傻了，她一定沒有想到我會說這些。

星空之下，我們四目相對。

白宣的雙瞳映著漫天星空，無比澄澈。

「吶，透光兒。」白宣吸了一下鼻子，「所以，以前的我真的錯了嗎？我不能像是以前那樣，隨心所欲地生活，不想跟他聊、不想認識她、不想接觸他，就掉頭走人嗎？」

「嗯，妳不能。」

我乾脆地否定了她。

白宣往前向我邁進一步。

「為什麼？」

「妳不能又想要大家瞭解真正的妳，一方面又把所有妳不想瞭解的人統統推出去。這個世界，哪有這麼簡單？」

她垂下了視線。

「如果妳把自己封閉起來，又要怎麼跟別人交流？不是每一個人，都願意花費一整個寒假環島去尋找妳的身影。」

「我、我……那，我該怎麼做？」

聰明的她，一定懂我的意思了。

白宣因墨跡而完整，墨跡因白宣而存在。

我直視她迷茫的雙眸，輕輕牽起她的手，堅定不移地說：「白宣兒，試著瞭解我吧。」

「你？我還不夠瞭解你嗎？」

「不夠啊。因為，我喜歡妳呀，白宣兒。」我微笑地看著白宣慌亂的可愛模樣，「從我開始，試著發自內心去瞭解一個人，走近一個人。等妳開始可以瞭解其他人了，其他人也會慢慢瞭解真正的妳。」

這很重要。

「答應我，好嗎？」

「……嗯。」

白宣羞怯地點點頭。

這樣子的她，也是過去的白宣從來不曾展現的一面。

很可愛，真的。

我繼續說道：「白宣兒，記得喔。不管是以後改變過的妳，還是現在的妳，都是真正的妳。妳遵循內心所做的每一個決定，所踏上的每一個旅途，都是屬於妳的路。人生的旅途，怎麼會只有一條呢？」

「我知道了。」

白宣聽完後，難掩激動地遮住雙眼，那是解脫的哭泣。那也或許是，成長的哭泣。

僅僅一下子，她就止住了淚水。

終於克服了困擾多時、曾重重擊潰她的坎，此刻她的壓力大大釋放，笑意根本藏不住。

她終於走出了迷途，不再身陷迷霧之中。

也不再是迷途之羊。

白宣神采奕奕地看著我。

「對了，透光兒，你想起來了嗎？」

十年往事，不言而喻。

「在這裡的約定，我早就想起來了。」

「那，你閉上眼睛。」

「嗯。」

清檸香氣靠近了我，白宣柔軟光滑的手扶著我的頭看向了天空。

再次打開眼睛時，一整片燦爛的春季銀河在我眼前展開。那感覺、那感覺，彷彿無數星星向我墜落。

「很美吧？」白宣的聲音，輕易地打動了我。

「很美。」

我緊緊地握著她的手。一如十年前，我們為了走到這裡欣賞夜星時，我們也曾拉著手一起走。

「我也喜歡你，透光兒。」

細若蚊蚋的清冷聲音，從我耳畔傳來。

我想，這輩子，我都不會再放開這雙手了吧。

時值四月，我跟白宣一起仰望夜星。

CHAPTER 5

春茶

升上高三前的暑假前夕。

難得清閒。

下午，頂著熾熱的陽光，我走進了一間中小型的 livehouse。

展演空間位於地下一樓，從樓梯走下去時，故意做出斑駁感的牆面上，貼著幾幅海報。

氣質清新的小青藤。

個子高眺的王松竹。

兩個人赤著腳，穿著同樣略顯寬鬆的衣物，站在海灘上，背景是灰藍色的大海。王松竹的手上還拿著一把吉他。

就著透射進樓梯的微弱陽光，我拍下了這張海報。

兩人合伙的 Youtuber 頻道「松木上的小青藤」，在經過一段時間的努力，宣布以同名樂團進行演出。

挾帶著極高的點閱數與大量粉絲，今天這一場首次在 liveHouse 的表演，門票早已被搶購一空。

我有拿到一張票，也答應跟他們一起合作一個節目。

我帶著咖啡，早早來到會場，裡面黑暗一片，只有舞臺燈是亮的。

我越過觀眾席，走向舞臺。

「午安，小青藤。」

「你來啦。」

小青藤心情愉悅地在坐在舞臺邊緣，一雙腿懸在半空晃啊晃。見到我，她示意我走上舞臺。

「好，等我一下。」

我從一旁的階梯走上去，一路走到小青藤旁邊。

「最近過得還好嗎？」

「還可以吧。」

「好嗎？」

小青藤清澈的雙眼，淡淡地看向我。

再問了一次。

「好吧，很忙。」我微微嘆口氣，在她旁邊坐下，「要上學，又要拍影片，說真的有點累。我常常連看手機訊息的時間都沒有了。」

「你開心嗎？」

「開心。」

「後面這個問題你能毫不猶豫地回答，那就好。」

小青藤莞爾，欣慰地說。

這段時間，我真的很開心。

以前跟白宣在一起做影片的日子，我本來就很快樂。但自從我自己也開始做影片後，感覺跟白宣的交流更順暢了，像是更瞭解彼此。

我想說的話，也能透過影片傳達給大家。

小青藤對著觀眾席敞開雙手。

「你看，從這裡看下去感覺很不一樣吧！」

「是很不一樣。」

「等到表演開始，這裡就會變成黑壓壓的一片。乾燥的冷空氣、明亮的舞臺燈光，還有那一雙雙熱烈期盼的眼睛。」

「妳都不會緊張嗎？」

「不會喔。」小青藤呵呵笑著，搖了搖頭，「唱歌是一件很快樂的事，你做快樂的事時會緊張嗎？不會，對吧？」

「嗯。」

我想，小青藤真的是很適合舞臺的人吶。

她天生就具有吸引人目光的魅力，也有令人驚豔的天賦，唱出令觀眾陶醉的音樂。

又聊了幾句，我順便問了問王松竹的動態。

「他應該還在練習吉他吧。」

「真的啊？哈哈哈哈哈。」

我不由得笑出聲。

留下一杯咖啡給小青藤，我走回臺下，從遠處拍了一張坐在舞臺邊緣的小青藤。

聚光燈打在她的身上，好像這個空間，就是她的主場。

這張圖，說不定都能當成封面了吶。

我找尋著練習室，最後在舞臺後方的休息室找到王松竹。

這幾個月松竹又長高了，頭髮也變長了，隱約越過眉毛，稍稍遮住了單邊的眼眸。

他看見我來，放下了吉他。

「還行吧？」

我邊說，邊遞上咖啡給他。

他故作平靜地笑了笑，接過咖啡。

「還行。」

「期待你晚上的表演，我會幫你們好好拍一支影片！」

「只有你來嗎？白宣呢？」

「白宣喔？她大概還在睡覺吧，昨天她太晚睡了。」

「你們現在兩個人做兩個頻道，加油啊。」

王松竹對我比出一個握拳的姿勢。他喝了一大口咖啡，姿勢俐落地再次拿起吉他，繼續練習。

我微微愣了幾秒。

我轉過身離開時，嘴角在不意間揚起。

曾幾何時，廢材上的風霜菇也變得這麼認真了。

那一天，我從下午待到深夜，見證了「松木上的小青藤」樂團第一次的現場演出。

看到了觀眾席從空空蕩蕩，到人滿為患，最後人潮還溢出，擠到了走道上。

小青藤清新脫俗的歌聲，輕輕地、柔柔地，流淌在整個空間。

她的音樂一如過往，如降臨在荒野之上的細雨，治癒了所有人的內心。

好柔和，好美。

而王松竹的伴奏，就像是撫過身邊的春風，襯托了降臨現場的清冷細雨。

最後的結尾，甚至讓我湧起雨過天晴，終於看見彩虹般的感覺。

「不可思議。」

坐在觀眾席裡架高的位置，我只能如此讚嘆。

雨過天晴，就用它當作影片的主題吧！

散場後，我看王松竹跟小青藤都很累了，就沒有再去打擾他們。

尤其是小青藤。

每次她唱完現場都是精疲力盡，連站著都需要別人攙扶。

沒辦法，只要小青藤站上舞臺，就必然全心全意投入到歌唱裡，根本不管體力跟精神的負荷。

一個工作人員扶著她，王松竹跟在身邊，一起走向舞臺後方。

我看了看手機，也到了該回家的時間。

暑假前夕，學校裡的大家都在等放假。雖然明年就要大考了，但大家現階段的心情都還算是輕鬆。

我躺在床上滑著手機，看到了白唯在私人帳號上傳的圖片。

白唯在南田觀景臺拍攝的夜星，似乎在某個攝影比賽得到了二獎。她超開心，一連上傳好多想說的話，這行為也單純得可愛。

我按了個喜歡，隨後把手機丟向一邊。

躺在床上，閉上雙眼。

不久之前，松木上的小青藤的演出，每一道光景、每一個音符，歷歷在目，餘音繞梁。

令人再三回味。

我滿足地躺在床上，期待明天的到來。

夏天，蟬鳴如雨。

熾熱的太陽高照，身穿白色制服的我與白宣，沿著操場邊緣的大樹樹蔭並肩而行。白宣拿著相機，眼神偶爾瞟向樹幹。

心結解開之後，白宣很快就回到了臺北。

重新回到水昆高中，二年A班。

她在找尋夏蟬。

明明蟬鳴聲不絕於耳，感覺就在附近，我們卻遍尋不著。

教室外很熱，我看見點點汗滴浮現在白宣額頭，臉龐也因高溫而浮出紅暈。

白宣發出少見的抱怨聲，把一頭飄逸的長髮高高束起，露出白皙後頸。

「啊，受不了了！」

「快看，那裡！」

視線一從白宣的後頸離開，我發現了不遠處的榕樹樹幹上，有一隻蟬。

白宣手腳俐落，飛快地對焦後按下快門。

「拍到了。」

白宣雙手將相機捧在胸前，專注地確認。

我湊過去看。

夏日晴空下，陽光穿透了茂密的樹枝縫隙，一切成為了這隻蟬的遠景。

拍得很美。

「撤退、撤退，火速撤退！」太熱了，我立刻呼喊。

白宣嗯了一聲。

今天是暑假前的休業式。

這次，白宣一直在我身邊，沒有消失。

我回頭眺望教學大樓。一排排教室，那是我們平常上課的地方。

等下個學期開始，又要換教室了。

留下了對二年A班這一年的追憶，我與白宣往新的祕密基地前進。

追逐夜星的白宣，與春墨兩個頻道同時開始經營。

為了方便有個地方可以長時間窩著，我在水昆高中申請了新的社團，影音剪輯社。靠著新社團成立，我們在校園一角、鮮少人靠近的專科大樓裡，獲得了一間在一樓的閒置教室。

接下來這年，這就是影音剪輯社的祕密基地了。

裡面桌椅與櫃子都不缺，也有冷氣，能安然度過夏天。

結業式結束，拍攝完夏蟬與榕樹，我與白宣走向專科大樓。

走進了還不熟悉的社團教室。

四周有幾個木櫃，裡面空空如也。中央則是一張長方形木桌。

這裡採光明亮，室內的光線非常充足。

我與白宣，上週才剛剛打掃完這間社團教室。令人意外的是，這裡居然有冰箱。

我們也各自從家裡帶了一些東西過來。

我把書包放在角落，打開了冷氣。

白宣筆直走向窗戶，拉上了微微透明的淡藍色窗簾。

涼爽的冷氣很快降低了室內溫度，我與白宣終於放鬆了下來。至少，我已經整個人癱軟在角落的懶骨頭沙發上。

白宣從冰箱裡拿出一盤冰西瓜，平放在桌上。

「透光兒，這是昨天切的，要吃嗎？」

「謝謝。」

我離開放在角落的懶骨頭沙發，走向長桌。

白宣穿著水昆高中的白色制服，因為太熱的關係，她把最上面那一顆釦子解開了，正滿足地吃著西瓜。

我也拿了一塊，吃了一口。

「好冰！好好吃！」

果然是夏天最消暑的水果。

白宣盯著手上的西瓜，若有所思地說：「透光兒，如果我們做一個夏日特輯，用夏日的元素拼湊出一支影片，感覺如何？」

「像是，西瓜？」

「西瓜很符合。我們就去鄉下拜訪種西瓜的老農，深入瞭解西瓜的故事。也不只是西瓜，夏季盛產的水果都可以。」

「桑椹？」

「桑椹？很好，畢竟我們在臺北根本看不太到。椹夏青春，類似這樣的主題，好像很有趣耶。」

白宣邊吃著手上的西瓜，邊思忖。

「還有芒果也是。盛夏特輯，我覺得會很好玩，哈哈。」我說。

「我們先多找幾種水果，再看有不有趣，有趣的話就去做吧。」白宣理所當然地說：「去南部的鄉下，一定可以拍出非常夏天的影片。」

「好。」

我光是用想的，就覺得會很熱了。

但確實，這主題聽起來很有白宣的風格。

我自己也很好奇，有沒有除了西瓜、桑椹、芒果之外，也很能代表夏天的水果？

而在白宣的巧手下，那些水果、時蔬，會做成什麼料理，非常讓人期待。

白宣啃完了一片西瓜，淡紅色的西瓜汁順著她的嘴唇，一路滑落下巴。

她輕巧地用纖細的手指抹去。

白宣凝視著手指，又彷彿是在看著手指後方的庭院某處。她沒有說話，空靈的氣質淡淡地流露而出。

她坐到了自己的旋轉椅上，把右腿交疊到左腿上。

「吶，透光兒，我最近一直很好奇。」白宣眨了眨眼睛，「你為什麼想要當 Youtuber 啊？」

「因為，我也想拍影片，和大家分享我的想法啊。」

「你喜歡嗎？」

「不算非常喜歡。」

「那是什麼？」

白宣輕蹙修長的眉毛，在這種問題上，她不想給我模稜兩可的空間，也不想聽到模糊的答案。

哼，這個答案，我心裡無比清晰。

我想也沒想地說：「白宣兒，我就跟一般人一樣，沒有很喜歡拍影片，但也不討厭拍影片；沒有很喜歡旅行，但也不討厭旅行。若要我像是妳一樣，毫不猶豫地說出我就是想當 Youtuber，就是想靠拍攝祕境探險、野外廚房的影片生活下去，那我大概做不到。」

決心，毅力，

才能，天分。

一般人，像是我一樣的普通高中生，哪可能具備這些東西？難道因此，我們就不能試著做做看那些會被稱為夢想的事嗎？

可以吧！

就算身邊有天才一般的人，那又如何呢？

「我想過了，真的要說的話，我之所以想當 Youtuber，只是想證明——即便只是普通人，也可以像我一樣試著做些什麼。就算在一個很厲害的人身邊，也不用怕。」

說完這段話，我心滿意足地露出笑容，看向白宣。

椅子上的白宣，反應一如我的預測。

她先是嘴唇蠕動了幾下，而後深感贊同地點點頭。

白宣似乎很喜歡我的這段發言，從椅子上站起身，筆直地走到我身前。

清檸香飄散。

澄澈得不可思議的雙眸、空靈的氣質、充滿骨感美的鎖骨，像是漩渦一般吸引了我。

無可自拔。

我的眼裡是白宣。

白宣的眼裡是我。

夏日，追逐夜星的白宣與春墨所在的社團教室，是一個兩人世界。我多麼希望，現在這樣普通的日常，可以持續下去。

跟白宣兒一起在夏日裡吃著西瓜，聊著天，剪著片。

還有，一起踏上旅途。

後來有一天，我在書上看到了一段文字。

讓我回味再三。

扔掉了青春年少的迷茫，才想起再喚不回的天真。

這樣，到底是好事還是壞事呢？

我一個人，站在房間外的陽臺，凝視城市的遠方。

白宣，學會了接納。

她也明白了，路從來不只有一條。

自己說過的每一句話，做過的每一件事，都是自己選擇的路。

現在的她空靈與神祕的氣質沒有改變，偶爾還是會顯示出陰鬱的一面，她也不會刻意隱藏。

白宣只是更常笑了，也更容易跟人玩在一起了，朋友愈來愈多。

跑來詢問合作的廠商跟 Youtuber 多到數不過來，頻道訂閱數在不知不覺間，突破了一百萬。

白宣很快樂。

至少，看起來她時常是快樂的。

只有偶爾，很少很少的時候，她會獨自一個人走到海邊，像是以往一樣，在海灘上坐下，抱著雙腿，凝視著遠方。

——《迷途之羊05》完

——《迷途之羊》全系列完

Afterword

後記

《迷途之羊》這個系列到此劃下句點了。

謝謝大家的支持，也很謝謝責任編輯跟三日月出版工作人員。

《迷途之羊》的誕生跟製作過程，其實我一直都很迷茫。沒有想到可以順利出版，也沒有想到會讓大家這麼喜歡。

真的很謝謝大家。

很多人把自己面對的憂鬱跟遇到的事跟我分享，好多人都很能理解白宣的煩惱跟徬徨。我才發現，大家對真正的自己都很迷茫。

或許，這個世界上，人們最不熟悉的就是自己了吧。

再怎麼美好的旅途都有終點。

《迷途之羊》的旅途在這一本完結了，但可能還會有一本後日談。為什麼呢?因為，白宣出現的時間實在太少了。

因為故事調性，女主角反而出場時間極短QQ

白宣是我筆下我最愛的角色之一，我還想想多寫寫她的故事。

神祕而空靈的氣質，我真的很喜歡。

可愛俏皮的白唯、清新柔和的小青藤、富有文藝氣質的吳疏影，還有王松竹、張新御，這些角色都還有自己的故事。

有機會的話，我會再寫一本後日談來補完。

希望正在煩惱、迷茫、不知所措的大家，看完《迷途之羊》後，能獲得一點感觸，對我來說這就夠了。

還記得，我國中的時候看了一本《說不完的童話》。

看完之後，那本書的一切簡直歷歷在目。每一個角色、每一段劇情轉折、架設在童話世界裡的各個種族，都好吸引人。

原野、森林、王國、沙漠……

童話世界的女王、月童，更是讓我一直想像到底長什麼樣子，到底是怎樣的人？

那樣寶貴的閱讀經驗，隨著我長大後，慢慢變少了。因為長大了，那顆能輕易被打動的心，也跟著一去不復返。

如果現在的我能許一個願，我的願望，大概就是希望我的感性還能回來。

希望我還能因為看了一本書或一個故事，而深深感動，甚至哭出聲。能像是白唯一樣，呆呆地看著海，捧起地上圓滾滾的南田石，並因此發自內心覺得快樂。

或者像是小青藤一樣，投入全部的力氣跟身心，只為了唱出最好的作品，並為此感到滿足。

能嗎？

還能嗎？

如果有一天，我寫出的故事，能讓因年齡增長，或者因創傷、經歷了不好的事而失去彈性的心，再次湧入點什麼——即使再些微也好——那就夠了。

自覺還能被輕易打動的你，一定要好好把握，因為這是很幸福的事。

謝謝大家。

FB & Instagram & Youtube 都能找到野生的微混吃等死。

想看混吃說話ㄉ話追蹤一波。

求CARRY。

微混吃等死，夏。

高寶書版集團
gobooks.com.tw

輕世代 FW317

迷途之羊05(完)

作　　者　微混吃等死
繪　　者　手刀葉
編　　輯　林紓平
校　　對　謝夢慈
美術編輯　彭裕芳
排　　版　彭立瑋
企　　劃　方慧娟

發 行 人　朱凱蕾
出　　版　英屬維京群島商高寶國際有限公司臺灣分公司
　　　　　Global Group Holdings, Ltd.
地　　址　臺北市內湖區洲子街88號3樓
網　　址　www.gobooks.com.tw
電　　話　(02) 27992788
電　　郵　readers@gobooks.com.tw（讀者服務部）
　　　　　pr@gobooks.com.tw（公關諮詢部）
傳　　真　出版部　(02) 27990909　行銷部 (02) 27993088
郵政劃撥　50404557
戶　　名　三日月書版股份有限公司
發　　行　三日月書版股份有限公司/Printed in Taiwan
初版日期　2019年 9 月
五刷日期　2021年 3 月

國家圖書館出版品預行編目(CIP)資料

迷途之羊 / 微混吃等死著.-- 初版. -- 臺北市：
高寶國際, 2019.09-
　冊；　公分. --

ISBN 978-986-361-719-8(第5冊：平裝)

863.57　　　108010399

三日月書版

三日月書版

GOBOOKS & SITAK GROUP©

GOBOOKS
& SITAK
GROUP©